KB127310

학 떠난 빈터에는

이 책은 대한민국예술원 2018년도 출판지원과
조선일보 방일영문화재단의 후원으로 출간되었습니다.

학 떠난 빈터에는

펴낸날 초판 1쇄 2019년 8월 25일

지은이 한명희
펴낸이 서용순
펴낸곳 이지출판

출판등록 1997년 9월 10일 제300-2005-156호
주 소 03131 서울시 종로구 율곡로6길 36 월드오피스텔 903호
대표전화 02-743-7661 팩스 02-743-7621
이메일 easy7661@naver.com
디자인 박성현
인 쇄 (주)꽃피는청춘

ⓒ 2019 한명희

값 15,000원

ISBN 979-11-5555-114-1 03810

※ 잘못 만들어진 책은 바꿔 드립니다.

이 도서의 국립중앙도서관 출판예정도서목록(CIP)은 서지정보유통지원시스템 홈페이지(http://seoji.nl.go.kr)와 국가자료공동목록시스템(http://www.nl.go.kr/kolisnet)에서 이용하실 수 있습니다.(CIP제어번호: CIP2019029949)

학 떠난 빈터에는

한명희 율문집

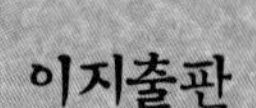

서문

그리움은 연무煙霧처럼

나부터 늘 되뇌는 말이 있다. 되도록이면 덜고 비워 가며 살자고. 그런데 그게 말처럼 쉬운 게 아닌 모양이다. 노년에 접어들수록 미련 없이 내다 버릴 것들이 한둘이 아닌데도 그토록 소심하게 연연해하는 좁쌀스런 내 자신을 발견할 때면 더더욱 그러하다.

여기 일련의 율문律文들만 해도 그렇다. 잘 숙성시켜 빚어낸 글들이 아니라 하나같이 시간에 쫓기며 지어낸 생경한 것들이다. 남들은 축시다 조시다 하며 시詩의 이름으로 내게 청탁들을 했지만, 나는 시인도 아니요 통상적인 개념의 시를 써본 적도 없는 국외자다. 그래서 부탁이 오면 친분을 외면하지 못한 채 내 나름의 운율과 호흡법으로 율동적인 문장을 꾸며 보는 수준에 머물 수밖에 없었다.

이처럼 성글기 짝이 없는 글들임에도 언감생심 출간의 서문을 쓰는 자신을 생각하니, 분명 내 얼굴 살갗도 그다지

엷거나 진솔하지만도 않은 모양이다.

부끄러운 율문들에 대한 상재上梓의 만용을 굳이 변명하자면, 한마디로 한 시대를 풍미했던 인걸들에 대한 밤안개 같은 희뿌연 그리움 때문이라고 하겠다.

여기 시문의 주인공들은 대부분 고인이 되었지만, 한때 우리네 정서의 텃밭을 보듬어 주던 명인 명창들이다. 개인적인 인연이나 그분들의 삶의 족적을 감안할 때 누구나 슬픈 듯 아련한 그리움을 지울 수 없을 것이다.

황진이의 옛 시조 한 수를 되뇌이며, 출간비를 지원해 준 대한민국예술원과 조선일보 방일영문화재단, 그리고 표지화를 그려 주신 일현一玄 손광성 님과 흔쾌히 출판에 응해 주신 이지출판사 서용순 사장님께 깊이 감사드린다.

> 산은 옛 산이로되 물은 옛 물이 아니로다
> 주야로 흐르니 옛 물이 있을소냐
> 인걸도 이와 같아 가고 아니 오노메라.

2019년 여름

덕소 이미시문화서원에서

차례

004 서문 그리움은 연무煙霧처럼

제1부

010 소암 권오성 교수
016 대금의 달인 김성진 선생
022 만정 김소희 명창
027 민송 김용진 교수
032 정가계의 군계일학 김월하 명창
037 선화 김정자 교수
042 가야고 명인 김죽파 선생
047 가야고 산조의 비조 김창조 명인
052 심소 김천흥 선생
057 판소리계의 거봉 박동진 명창
063 관재 성경린 선생
069 판소리계의 북신北辰 송만갑 명창
076 서도소리 오복녀 명창
081 만당 이혜구 박사
090 매은 이재숙 교수
095 이성천 교수
101 운초 장사훈 박사
107 가곡계의 태두 금하 하규일 선생
112 거문고의 속멋 한갑득 명인

제2부

120 남산 국악당 건립 축창祝唱 가사

125 국립남도국악원 상량 축원문

132 국립국악고등학교 개교 50주년 축시

137 판소리 세계문화유산 지정 축시

141 86아시안게임 개막 축전 합창 가사

147 국악방송 개국기념 축시

156 충주 국악방송 개국 송축문

159 서울음대 국악과 창설 30주년 축시

164 몽골의 성소에서 올린 천신제 축문

171 임진각 평화 메시지 선포식 축원문

178 경기도립국악단 창단 축시

제1부

소암 권오성 교수

대금의 달인 김성진 선생

만정 김소희 명창

민송 김용진 교수

정가계의 군계일학 김월하 명창

선화 김정자 교수

가야고 명인 김죽파 선생

가야고 산조의 비조 김창조 명인

심소 김천흥 선생

판소리계의 거봉 박동진 명창

관재 성경린 선생

판소리계의 북신北辰 송만갑 명창

서도소리 오복녀 명창

만당 이혜구 박사

매은 이재숙 교수

이성천 교수

운초 장사훈 박사

가곡계의 태두 금하 하규일 선생

거문고의 속멋 한갑득 명인

소암 권오성 교수

★

흔히 인간을 사회적 동물이라고 한다. 혼자는 살 수 없고 서로 얽혀서 살아갈 수밖에 없는 존재라는 뜻일 게다. 바로 이 같은 얼개망 속에서 필연적으로 등장하는 것이 인연이라는 개념이다. 수많은 사람들과 다 얽혀서 살 수는 없는 일이고, 어차피 한정된 범위의 사람들과만 인연으로 얽혀서 한평생을 살아가는 것이 우리네 삶이 아니던가.

어찌 보면 인연이란 인생 행로의 신호등과 같은 기능을 가졌다고 하겠다. 인연 따라 누구를 만나느냐에 따라 인생 향방이 달라지기 때문이다. 근묵자흑近默者黑이라고, 나쁜 사람을 만나면 자기도 불량해지고 좋은 사람을 만나면 자기도 좋은 쪽으로 영향을 받기 마련이다.

여기 내 인생 여로에서 좋은 인연의 만남으로 떠오르는 사람 중에 우선 소암韶巖 권오성 교수가 있다. 나는 지금도 그를 언제 어디서 어떻게 만났는지를 알지 못한다.

내가 문리대 철학과를 낙방하고 삼수를 하던 시절이다. 전후 과정은 모르지만 좌우간 그때 나는 그를 따라 돈암동 집으로 가서 그의 아버님께 큰절을 올린 기억은 어렴풋이 떠오른다.

훗날 들은 얘기지만 그때 그 아버님은 나를 두고 "참 맹랑한 녀석이군"이라고 혼잣말처럼 하셨다고 한다. 아마도 검정 두루마기에 바지저고리를 입고 넙죽 큰절을 올리는 모습이 당시 또래들의 행동거지와는 크게 달랐기 때문이었을 것이다.

아무튼 철학과 지망생이었던 내가 엉뚱하게도 무엇을 배우는 곳인지도 모르는 서울음대 국악과로 진로를 바꾼 것은 당시 국악과 1기생이었던 권오성의 설교(?)에 따른 것이었다.

지금 생각해 봐도 그는 비슷한 연배들보다 정신적으로 조숙해 있었음에 분명했다. 답도 없는 인생 문제를 고뇌

하는 철학도 좋지만, 아무도 가지 않은 국악의 길로 가서 황무지를 새로 개척하는 보람도 의미 있지 않느냐는 그의 말은 내게 꽤나 설득력이 있었다.

더구나 음악도 들어가 보면 결국 철학과 만나게 된다는 그의 설명은 내가 어떠한 이견도 입밖에 낼 수 없을 정도로 나를 압도하는 확실한 방향타가 되었다. 이처럼 천하의 음치가 아무런 사전 준비도 없이 음대 국악과의 문을 두드린 것은 전적으로 권오성과의 인연 때문이었다.

학창 시절 겪어 본 권오성 교수는 확실히 남다른 데가 많았다. 키가 작고 통통한데 아주 기인같이 행동했다. 특히 주석에서는 고성방가에 음담패설이 난무했다. 놀라운 일은 그토록 밤새도록 통음을 하고도 할 일은 다 해냈다.

그는 또한 인문학적인 소양이 많았다. 당시 명문으로 손꼽히던 경기고 출신이어서 그런지, 어학이며 각종 교양서를 꿰고 있었다. 기억력 또한 대단해서 한번 읽은 책은 다 기억했다. 한마디로 박람강기형博覽强記型이다. 그러니 늘 동급생이나 선후배들의 구심적 인물로 떠받듦을 받고 지냈다.

박학다식한 그의 정신세계와 때로는 눈살을 찌푸리게 하는 기인 같은 행태를 종합해 볼 때, 천재적인 그의 기질이 범상한 세속에 적응하지 못해서 발광 아닌 발광을 하고 있었던 게 아닌가 싶기도 했다.

공허한 세월 앞에서는 누구도 예외가 없는지라, 늘 천진스레 젊게 살던 그에게도 '백발이 제 먼저 알고 지름길로 오더라'는 초로初老의 화갑연을 맞았다. 지기처럼 지나던 내가 축시 한 수 쓰지 않을 수 있었겠는가!

금삼척에 서린 보허步虛의 운율

경진년 한양 고을 육십갑자 전
자맥질하던 용龍 하나 아리수를
떨쳐 솟았다 솟아올랐다
앙증스런 몸짓으로, 재주 있는 기품으로
범상찮은 용 하나 구만리 붕새
창공 속을 솟아올랐다 날아다녔다

일상성이 따분해, 속물기가 역겨워
백구처럼 훨훨 날며 살았지
지식의 갈증 지혜의 허기
동경의 세계 미지의 지평
머리에 가슴에 치열히 품고
학전學田을 주야궁행 갈며 살았지
청구의 영언永言, 배달의 가락으로
기인처럼 달인처럼 한결같은 육십 평생
슬기둥 덩실 무애무無碍舞를 추어가며
속진俗塵일랑 털어두고 머리 위를 살았지

흰 학처럼 솔밭 위를 날며 살았지
허허 그렇군 지당池塘의 춘몽
금세 세월의 둔갑은
갑년甲年의 눈금
인드라의 시간 브라마의 잣대로는
백마과극白馬過隙의 찰나도 못 되거늘
소암韶巖 선생 권 교수
인생의 반환점을 호젓이 돌며
이제사 세상사
금삼척琴三尺에 서리서리
풀어나 볼까
보허步虛의 운율, 순임금의 덕음德音으로
저笛를 잡는구려 거문고를 튕기는구려
심금心琴을 고르는구려.

대금의 달인 김성진 선생

★

내가 늘 주장해 온 지론이 하나 있다. 서양 악기들은 대부분 금속성 재질인데 한국 전통악기들은 거의 식물성 재질이라는 것이다. 따라서 서양 음악의 음질Tone quality은 차고 냉철하며 이지적인 반면, 한국의 그것은 따듯하고 부드러우며 정감적이라는 것이다. 확실히 저들의 취향은 금속성 질감을 선호하며 한국인의 정서는 식물성 질감을 선호하는 게 분명하다.

서양 오케스트라의 목관악기에서 확인할 수 있듯, 저들은 원래 목관이었던 악기들도 모두 금속성으로 대치했는데, 한국 악기들은 여일하게 식물성 재질의 악기들이 수천 년의 세월을 관류하며 애호되어 오고 있는 것이다.

대금 독주로 '상령산'이나 '청성잦은한잎' 같은 곡을

들어보라. 굵직한 죽관에서 울려 나오는 소리가 그토록 유연하고 부드러울 수가 없다. 아마도 지구상의 관악기 중에서 대금 음색만큼 부드럽고 적요寂寥한 관악기도 흔치 않을 것이다.

조선조 말 장악원의 악공 중에 정약대丁若大라는 명인이 있었다. 그가 대금을 익힐 때, 매일같이 인왕산에 올라가서 7분 정도 걸리는 '밑도드리'라는 곡만을 반복해서 불었다. 한 번 불 때마다 신고 간 나막신에 도톰한 모래톨을 하나씩 넣었는데, 해질녘 하산할 때는 나막신에 모래톨이 가득했다고 한다. 각고의 노력으로 명인의 반열에 오른 것이다.

조선조 때 장악원은 현재 국립국악원의 전신이다. 장악원 시절 대금 명인에 정약대가 있었다면, 초창기 국립국악원에는 녹성綠星 김성진金星振 명인이 있었다. 녹성은 아악부원양성소 4기생으로 국악원에 오래도록 봉직했으며, 정악 대금의 국가지정 무형문화재 제20호라는 영예를 누리기도 했다.

부산 피난 시절 녹성은 이병성, 김기수, 김태섭, 홍원기 등과 함께 국악원 예술사로 발령받았고, 그 후 장악과장과 악사장을 역임하는 등 평생을 국립국악원에서 봉직했다. 정악의 본산이랄 국악원에 재직하다 보니 자연스레 정악 대금의 법통은 녹성을 거쳐서 후대로 이어졌다. 대학에 널리 퍼져 있는 대금 교수들 중에는 녹성의 제자들이 대부분이다.

녹성 선생이 하세할 때 나는 제자들의 청에 따라 영결식 때 조시를 지어 애도했다.

이밤사 대죽 소리 슬픔 되어 고이네

어깨 저리도록 불어댔지요
핏발 어리도록 불어댔지요
포성에 으깨진 멍울진 가슴
춘삼월 보릿고개 서러운 사연들
소스라쳐 지우고 메우느라
피떨릴리 피떨릴리 불어댔지요
풍상風霜에 시달린 까칠한 세월
타박타박 고갯길 힘겨운 살이
그 시린 그 계절을 품어 안느라
눈뜨면 진종일 불어댔지요
너루 니-니-너루 시루 불어댔어요

띠 띠루르 띳 띠뚜르르 불어댔어요
운니동 들창 밑 남산골 솔숲
우면산 산턱에서 동해 밖까지
하늘의 계시啓示 대발의 밀어密語

백의겨레 고운 심성 만방에 펴며
영원한 그대 본향
그대의 삶 그대의 진실 여기 있노라
띠 뚜르르 띠딧 뚜르르 불어댔지요

그러던 어느 하루
해묵은 풍지새로 춘설이 날고
돌개바람 삭풍이 청공을 찢었습니다
사해의 명성을 시샘하듯
만세의 신기神技를 투기하듯
만파식적萬波息笛 천년 금도琴道
그 종맥宗脈을 훔쳤습니다
아니 시공時空 주재자께서
녹성綠星의 대금으로 허길 달래고
녹성의 음률로 갈증 축이고
녹성의 정악正樂으로 기력을 찾은
착한 이웃들의 환한 표정 살피시고

이제는 됐다 싶어 모셔갔습니다
더 좋은 일 점지코져
하늘나라 천마 보내 모셔갔습니다
그러나 진정
황학 떠난 빈터에 누각만 소소롭듯
만리 귀선歸仙 되어 녹성 선생 떠나시니
물정 모른 가슴들엔
구름 밖 젓대 소리 슬픔 되어 고입니다
저토록 은은한 기막힌 속삭임
저토록 신묘神妙한 천상의 율격律格
땅을 쳐도 속절없는 유음이라 생각드니
이밤사 대죽 소리 가슴 아려 우옵니다
이밤사 젓대 소리 청공 찢겨 우옵니다.

만정 김소희 명창

★

간간이 만정晩汀 김소희金素姬 선생을 모시며 일하던 홍안의 청년이 어느덧 백발옹이 되어 옛날을 회상하니 재삼 세월의 빠름을 절감하게 된다.

나는 사회 첫 직장으로 TBC동양방송 음악부에서 PD 생활을 했다. 60년대 후반부터 70년대 전반까지 10년 가까운 기간이었다. 그때 나는 서양 고전음악과 국악 프로그램을 거의 전담하다시피 맡아했다. 그 덕에 당대에 명성을 날리며 활동하던 한양악계韓洋樂界 음악가들을 많이 접할 기회가 있었는데, 김소희 명창 역시 그 시절에 만난 분들 중 한 분이었다.

내가 모셔서 녹음을 하거나 방송을 하던 전통음악계의 명인 명창들을 한 분 한 분 떠올려 보니, 새삼 무량한 감개를 누를 길이 없다. 지금은 모두 고인이 되어 그 찬연한 소리는 가고 명성과 이름만이 역사 속의 메마른 활자로 새겨져 있으니 말이다.

판소리 명창들만 해도 그렇다. 지금도 몇몇 선명한 기억의 편린들은 내 삶의 족적 속에 고운 인연의 고리들로 박혀 있다. 칠십 대 고령의 박녹주 명창과 '운담풍경雲淡風輕'이며 '편시춘片時春' 같은 단가를 녹음할 때, 숨이 차고 장단이 약간 삐어도 오히려 그것이 엇몰이장단의 흥취처럼 난숙한 멋이 됨을 깨닫던 경험도 추억 속에 생생하다.

또한 박동진 명창과는 판소리 '이순신 장군'을 제작하여 매일 새벽 프로그램에 나의 해설과 함께 방송하던 일도 작은 보람으로 회상되며, 특히 김연수 명창과의 일화는 훗날 내가 가끔 소개하는 인상적인 얘깃거리이기도 하다. 김 명창이 이승에서 부른 마지막 백조의 노래라고 할 '사절가'를 녹음하며 겪은 일화인데, 여기서는 줄인다.

아무튼 세월이 한참 흐른 후의 일이다. 서울시립대 음악과에 봉직하고 있던 어느 해였다. KBS TV에서 연락이 왔다. 김소희 선생의 일대기를 녹화하여 방송하고 기록으로 남기고 싶은데 칭병稱病하며 고사하시다가, 정히 그러면 한모 교수와의 대담 형식이면 출연하시겠단다는 내용의 출연 섭외였다. 결국 나와 만정 선생은 운니동 운현궁 스튜디오에서, 당대의 국창이 걸어온 인생 역정을 역사에 기록하는 소중한 녹화 작업을 꽤 긴 시간에 걸쳐서 해냈다.

그리고 또 얼마 후의 일이었다. 투병 중의 만정 선생이 전화를 주셨다. 이제 살 날도 얼마 남지 않았으니 점심이나 함께 하자는 제의였다. 우리는 인사동 샤르비아 다방에서 다담茶談을 나누다가 점심식사를 하러 나섰다. 한때 판소리를 배우던 제자가 운영하는 식당이라고 했다. 훗날 알게 되었지만, 당시 장안의 문화예술인이나 사회 명사들이 격의 없이 드나들던 '두레'집이었다.

식사 후에도 이런저런 두서 없는 이야기들로 시간이 흘렀다.

"지금 생각해도 후회가 막심해요. 한 선생이 춘향가 전바탕을 녹음하잘 때 냉큼 했어야 했는데, 오십 대 한창

나이에 해 놓았으면 얼마나 좋아요!”

“그래도 그때 아주 소중한 녹음을 하셨지요. 죽장망혜, 만고강산, 적벽부 등 만정 선생께서 부르실 수 있는 단가는 모두 부르셔서, 천 이백 피트짜리 릴 테잎 두 개 분량으로 후세에 전하게 됐으니까요.”

“어느 해던가 덕소 한 선생 댁 지하수 맛이 하도 시원하고 맛있어서, 한 통 담아 온 기억이 지금도 선연하네요.”

“참, 그때 선생님 모시고 와 잔디밭 돗자리 위에서 심청가 한 대목 부르던 중학생이든가 고등학생 있었잖아요? 최종민 교수 북반주로요.”

“그 애가 바로 오정혜잖아요! 지금 한창 날리고 있는….”

“아, 그렇습니까?”

“그나저나 끝내 평소의 작은 소망 하나도 못 이루고 죽게 되니, 인생 헛산 것만 같아요. 고향땅 고창에 전수관 하나 마련하여 후학들을 제대로 한번 길러내고 싶었는데!”

짧은 침묵의 공간 속에는, 문득 내가 DMZ GP장으로 전방에 있던 시절, 북한강변 백사장에 내려와 맑은 물 한 모금 마시고는 파란 창공을 응시하던, 그 청순한 노루 녀석

눈망울에 투영되던 산그림자가 애잔한 동경憧憬처럼 스쳐갔다.

그 얼마 후에 그분은 별나라로 떠났다. 나는 다음과 같은 묘비명을 지었고, 만정을 잘 아는 열암 송정희 서예가가 글씨를 써서 고창의 고향땅 만정의 묘소 앞에 세웠다.

판소리 별 북두의 별

하늘 저편 손님 한 분 소리 여행 오셨다가
스무 세기 조국의 산하 격동의 계절
백의겨레 착한 마음 한 많은 사연
차마 외면 못하시어 청학성 진양조로
그토록 살뜰히도 품어 안아 주시더니
햇님 시계 일흔여덟 종이 울리자
황망히 은하계로 유성처럼 흘러가신
만인의 별 판소리 별 만정晩汀 김소희金素姬

민송 김용진 교수

대학 시절의 민송民松 김용진金溶鎭 교수는 영락없는 촌뜨기 인상이었다. 여기 촌뜨기란 표현은 폄하하는 말이 아니라, 성품이 소탈하고 구수해서 정이 절로 가던 사실을 의미하는 내 나름의 표현이다.

지금은 분위기가 전혀 달라졌지만, 60년대 초 서울음대 분위기는 각자의 출신 배경이 극명하게 드러나고 있었다. 요즘 유행하는 말로 치면 금수저 출신인지 흙수저 출신인지가 옷차림이나 행동거지에 그대로 드러나 있었다.

대체로 여학생은 전자에, 남학생들은 후자에 속했고, 피아노나 성악을 전공하는 학생은 작곡이나 국악을 전공하는 학생들보다도 월등 금수저 출신들이 많았으며, 시골 출신보다 서울 출신에 전자의 경우가 많았다.

사실 당시만 해도 자녀들에게 피아노나 바이올린 같은 악기를 가르친다는 것은 웬만한 집안 아니고는 엄두도 내지 못했다. 사정이 이럴 때니, 당시의 교내 풍경이란 흙과 금의 편차가 선명히 드러나지 않을 수 없는 형세였다고 하겠다.

이제나 그제나 음대에는 여학생 수가 훨씬 많다. 그리고 여학생의 옷차림은 피아노의 윤택만큼이나 품새 있고 정갈했다. 그런 귀티 있는 분위기에 이단아처럼 등장한 옷차림이 있었다. 바로 안강 '촌뜨기' 김용진의 행색이었다. 그가 입고 다니던 옷은 바로 군복에 검정물을 들인 옷이었다.

당시 가난하던 시절, 그 같은 옷차림이 많이 눈에 띄기도 했지만, 귀족 티가 지배적이던 음대 교정에 그 차림새로 나타나기란 말처럼 쉽지 않았다. 경상도 사나이의 뚝심이거나 배짱이 아니었을까 싶기도 하다.

하기사 나도 한복을 입고 다니고, 바지저고리를 입고 부전공인 바이올린 시험을 보러 교수들 앞에 선 적도 있지만, 그것은 앞서 말한 귀족 티의 학교 분위기에 대한 일종의 반항적 돌출행위였는데, 아마 김 교수의 행동거지도 그런 심리의 연장이 아니었을까 싶기도 하다.

아무튼 을지로6가 여학생 꽃밭 틈에서 검정색 군대 작업복으로 잡초처럼 강인하게 성장한 안강벌 개구쟁이가, 사회적으로 성공의 길을 걸으며 육십 굽이 회갑의 이정표에 다달았으니, 학창 시절을 자별하게 지낸 난들 어찌 다 감한 소회가 없을손가. 회갑 축시 한 수 지어 축하했다.

안강벌의 서동 노래

형산강 모래톱만큼이나
넉넉하다우 형의 도량은
서라벌 시절 무문토기만큼이나
털털하다우 형의 심성은
마을 어귀 아름드리 느티나무
그 수수백년 연륜만큼이나
듬직하다우 소탈하다우
형의 용색 형의 인간미

삽 메고 호미 들고 안강벌
도랑쳐 물꼬 터 천하대본 일궈내듯
세월 가도 그 기질 그 성실로
우직하게 남 안 간 길 헤쳐왔다우
천분처럼 후진 뒷길 앞장섰다우
겨레 역사 최초의 국악과 일회
민족음악 초창草創의 창작 선봉장
나라 음악 초유의 지휘 선구자

여름밤 멍석 위의 정담보다
구수해서 형의 익살이
겨울밤 질화로의 온기보다
따뜻해서 형의 인정이
시월 상달 알곡보다 푸짐해서
형의 성취가
잔설 속 새싹보다 청징해서
형의 예도藝道가

그들은 그렇게 형의 옆을 따른다우
그들은 그렇게 형을 높이 이른다우
'안강 마을 개구쟁이 한양 서울 용 되었네
검정군복 떠꺼총각 어언 반백 회갑 됐네'
그들은 이렇게 서동 노래 불러가며
칭송해요 축하해요 용진溶鎭 형의 화갑을
축하해요 기원해요 백년해로 청복을.

정가계의 군계일학 김월하 명창

★

사방이 모두 적막 속에 잠겼는데, 교교한 달빛 아래 홀로 피어 있는 새하얀 연꽃을 떠올려보면 어떨까? 아니 그윽한 청잣빛과 은은한 달빛이 버무려진 그윽한 청련青蓮을 가상해 보는 것은 어떨까? 도대체 어떤 자태로 피어난 연꽃을 상상해 봐야 '월하月荷'의 청징한 음악 세계와 맞아떨어질까? 도무지 답이 나오질 않는다. 아니 하나의 답이 있을 수가 없다. 월하의 음악을 느끼고 평가하는 각자의 몫이기 때문이다.

월하月荷 김덕순金德順은 한국 전통가곡과 시조창에서 단연 독보적인 위치였다. 20세기 후반을 풍미하던 유일한 여창가객이었다. 여류 판소리 명창들은 있었지만 소위 정가正歌 계통의 가곡에는 유일한 존재가 곧 김월하였다. 걸출한 문인이었던 백석白石의 애인으로 세간에 회자되던 자야子夜, 즉 김진향이 하규일의 제자로서 가곡에 능했지만 그녀는 음악 활동을 하지 않았다.

월하月荷라는 호의 이미지처럼 김덕순 명창은 용모도 치장도 항상 정갈했고 단정했고 품위가 있었다. 가르마를 타서 빗어넘긴 머리에 쪽을 찔렀고, 늘 깔끔하게 치마저고리 한복을 입었다. 촌치의 흐트러짐 없이 꼿꼿이 앉아 청아한 성음으로 시조 한 수 부르는 월하의 모습은 시각적인 미감과 청각적인 감흥이 배합되어 그려내는 한 폭의 아름다운 정물화 같았다.

부산 피난 시절의 절박한 가난을 겪어서였는지, 월하의 개인 생활은 검소하기 짝이 없었다. 구두쇠라는 입소문이 날 정도로 근검절약의 화신이었다. 아무리 바쁘고 몸이 불편해도 택시를 타는 법이 없었다. 찌는 듯한 삼복더위에도 남산 국립극장의 가파른 고갯길을 대중교통이 닿는 태극당 앞에서 내려 걸어 올라가곤 했다.

김월하 가객은 판소리계의 거성인 만정 김소희와 자별하

게 지냈다. 언젠가 만정이 내게 말했다. 한때 월하가 심한 감기몸살을 앓은 후 몸이 많이 쇠약해진 모양이었다. 그런데도 돈 아낀다고 설렁탕 한 그릇 사 먹지 않았단다. 하도 답답해서 만정이 한번 쏘아붙였다고 했다.

"야 이것아, 설렁탕이라도 한 그릇 사 먹어라. 죽으면 다 그만인 것을, 뭘 그리 아껴!"

월하의 음악만큼이나 근검절약의 인생철학은 고귀하고도 존경스럽다. 핀잔을 들을 정도로 내핍 생활을 했던 월하는 그가 평생 모은 돈으로 '월하재단'을 만들었다. 그리고 제자들에게 정가 육성에 써달라고 모두 맡기고 이 세상을 하직했다.

요즘 세상이 참 혼탁하니, 새삼 단아한 모습으로 앉아 '십이난간 벽옥대十二欄干碧玉臺 대영춘색경중개大瀛春色鏡中開'라며 곱게 천상의 소리 자아내던 월하의 개결한 예술세계가 절실히 그립다. 월하가 세상을 하직할 때 그의 제자가 내 조시를 가곡 성조로 불러드렸다.

학 떠난 빈터에는

까마득한 태고太古부터 날아온
백학白鶴 한 마리
백두대간白頭大幹의 노송 가지에 앉아
선녀의 음조 천상의 음율로
〈버들은 실이 되고 꾀꼬리는 북이 되어…〉
거치른 가슴들을 달래오더니
조석으로 시린 마음 감싸오더니

아스라한 부상扶桑에서 날아든
백학 한 마리
찢어진 강토 황량한 연당蓮塘에 내려
청잣빛 성색 피안의 가락으로
〈언약이 늦어지니 정매화庭梅花도 다 지거다…〉
살기찬 한 시대를 얼러주더니
고운 꿈 따슨 인정 피워주더니

세월이 매듭을 짓는 어느 해 아침
홀연히 시공時空의 원점으로 백학은 가고
교교한 달빛 아래 연꽃도 지니
영문 모를 이웃들은 할 말을 잊네
어이없다 마주보며 눈물 삼키네

하지만 학 떠난 빈터에서
우리는 듣노라 천년의 소리를
영겁을 이어내릴 민족의 가락을
하지만 꽃잎 날린 연발에서
우리는 보노라 월하月荷의 후광後光을
만세에 우뚝 솟을 월하月荷의 정가비正歌碑를.

선화 김정자 교수

선화仙華 김정자金靜子 교수는 나와 서울음대 동기생이다. 4년을 함께 학창 생활을 했으니 그에 대해서 웬만큼은 안다고 할 수 있다. 무엇보다도 그에 대한 강렬한 인상은 참으로 신명기가 많은 여자구나 하는 느낌이었다. 한마디로 감성이 철철 넘치는 여인이었다. 때로는 무당기가 있지 않나 싶을 정도로 원초적인 감정을 그대로 드러내곤 했다. 남이 보기엔 덤덤히 넘길 애락哀樂의 일인데도 그는 이내 눈물을 글썽이며 반응했다.

지금도 기억에 남는 장면이 하나 있다. 매년 10월이면 을지로6가 서울운동장에서 서울대 전체 체육대회를 열었는데, 그때 스탠드에는 대학별로 모여 앉아 출전 선수들을 응원했다. 당시 미대와 음대의 배구 경기였던 것

같다. 자기 편이 한 점 얻으면 조용히 앉아서 박수나 보내는 게 통례였는데, 갑자기 환호성을 지르며 자리에서 벌떡 일어나 열렬히 박수를 치는 단 하나의 여학생이 있었다. 그가 곧 훗날의 김정자 교수였다.

김정자 교수는 결혼 또한 파격적이었다. 당시만 해도 대학 졸업과 동시에 결혼들을 했는데, 그는 마흔이 넘어서 했다. 뿐만이 아니다. 비슷한 나이 또래가 아니라 놀랍게도 칠십이 훨씬 넘은 노인과 했다. 20여 년이 넘는 나이 차였다. 한학에 깊은, 소위 도사라는 분인데, 아마도 그분이 주창하는 도학의 교리에 푹 빠졌던 모양이다.

그 동양사상가의 호는 인희仁僖였고, 이삼십 명의 제자에게 자신의 철학과 사상을 전수했다. 그분이 타계한 후에도 김 교수는 상도동의 다가구 주택에 그대로 눌러 살았다. 그 도인은 반드시 환생할 것인데, 자신이 이사를 하면 집 찾기가 불편할 것이라는 이유에서였다.

공주여고 출신의 김 교수는 가야고를 전공했지만 가곡창도 열심히 배웠다. 한번은 그의 가곡 선생이었던 김진향 씨와 덕소 내 집을 들렀다. 방문 목적은 김진향 씨의 뜻을 내가 이어받았으면 하는 부탁 때문이었다.

김진향 선생은 가곡의 초석을 놓은 하규일河圭一의 제자였는데, 재산이 많다고 했다. 그 재산을 처분해서 나라의 동량재가 될 훌륭한 인재를 길러내고 싶은데, 그 같은 교육사업을 나보고 맡아 달라는 청이었다. 나는 해야 할 일이 따로 있다며 정중히 사양했다. 세간에 백석의 애인 자야子夜로 더 잘 알려진 그분의 재산이란 다름 아닌 오늘의 성북동 길상사다.

아무튼 적지 않은 화제를 남겼던 그녀는 서울음대 교수직에서 정년을 한 후, 아니 그 도사분과 사별한 이후에 정신적 지주가 없어서였는지 시름시름 쇠약해졌다. 결국 말년에는 영월 산골에 들어가 요양을 한다더니 끝내 운명적으로 만났던 하늘나라 도사님 곁으로 갔다. 영월 장례식장에서 문상을 하고 돌아오는 내 머릿속에는, 동학의 길을 걷던 그녀와 겪은 갖가지 사연들이 주마등처럼 스쳐갔다.

다음은 김 교수의 화갑 축시다.

풍진세상 헹구어 온 곰나루 예인

뽕잎에 구르는 이슬보다 맑아라
해 조는 여름날 봇꽃보다 진해라
곰나루 처녀의 소리 한 필은
사춘思春의 순정으로 곰삭여 짜낸
영락없는 그 시절 고향의 봄꿈

억새풀 웅진산성 노을보다 붉어라
갑사고찰甲寺古刹 용마루 이끼보다 푸르러라
곰나루 규수예인閨秀藝人 가야고 열두 줄은
함박꽃 열정으로 올올이 엮은
풍진세상 헹구어온 인동忍冬의 가락

베풀어 너그럽고

어질어 후덕스런

공주댁 선화仙華 선생 인생 역정은

종 울려 생명 구한 오작烏鵲의 부리

아픈 세월 품어 안은 보살의 손길

바른 길 옳은 길로

'인희仁僖의 선도仙道' 대로

가야고 하늘소리 서리서리 자아내며

육십갑자 굽이굽이 새겨온 자국

빈자貧者의 등燈 하나라 자애로워라

스승의 전범典範이라 참삶이여라

바람이 일러 말하네

태산이 일러 답하네

금강의 물결조차 너울너울 흐르네.

가야고 명인 김죽파 선생

★

김죽파金竹坡는 전남 영암 출신으로 본명은 김난초였다. 태어난 지 열흘도 안 되어 어머니를 잃고 주로 조부모 밑에서 자랐다. 그런데 그의 할아버지가 바로 가야고 산조 창시자인 김창조였으니, 김죽파의 앞날은 이미 예정돼 있었던 것이나 진배없었다고 하겠다.

그는 여덟 살 어린 나이에 할아버지를 따라 전주권번全州卷番에 가서 가곡을 익혔고, 그후 한성준 문하에서는 가야고 산조와 가야고 병창을 이수했다. 열두 살 되던 해부터는 당시 판소리 서편제의 대가였던 김창환이 이끄는 협률사協律社에 참가하여 주로 남도지방을 중심으로 공연 활동을 했다.

그 후 열여섯 살 되어 서울로 올라와서 조선권번에 기적妓籍을 두고 김운선金雲仙이라는 예명으로 음악 생활을 했다. 한때 임방울, 김정문, 김봉이에게 판소리를 배웠고, 한성준에게 승무를, 그리고 오태석, 심상건, 박동준에게는 가야고 병창을 익혔다.

기예건 학문이건 제자가 있어야 맥이 이어진다. 아무리 뛰어난 명인 명창이라도 맥을 계승할 문하생이 없으면 모든 것이 당대로 끝이 난다.

그런 면에서 김죽파 명인은 행운의 주인공이라고 하겠다. 그의 문하에는 훗날 각 대학에서 교수로 일하게 된 제자들이 많았다. 자연히 죽파류 가야고 산조가 대세를 이루며 널리 유포될 수밖에 없는 환경이 조성된 것이다. 급기야 김죽파의 산조가 국가지정 중요무형문화재로 지정되면서 그의 위상은 산조 음악의 대명사처럼 굳혀졌다.

옛날에는 각 지역마다 지방색이 두드러져, 민요만 해도 경기민요와 남도민요의 맛이 판연히 달랐다. 가야고 산조 역시 매한가지였다. 물론 개인마다 개성이 있었지만 큰 틀에서 보면 지방색이 완연하게 먼저 드러났다.

나는 방송국에서 일하면서 죽파의 산조를 녹음한 적도 있지만, 성금연成錦鳶 명인의 음악도 자주 방송했다. 당시 내 입장에서는 죽파의 음악보다 성금연의 음악이 보다 쉽게 대중들에게 다가갈 수 있다고 생각했다. 한마디로 김죽파의 산조는 진중하고 투박한 속에 깊은 속멋이 있었고, 성금연의 산조는 경중미인의 여인상처럼 깔끔하고 단정함 속에 낭창낭창한 감칠맛이 넘쳤다.

물론 성금연의 본적은 남도지방이다. 하지만 부군이자 해금산조의 창안자인 지영희池瑛熙 명인의 영향이었는지, 그의 산조는 경기토리를 주류로 하고 있었다. 대중들의 입맛은 후자의 것을 더 선호하기 일쑤였다.

'가야고 열두 줄에 시름을 걸어 놓고' 굴곡진 현대사를 살아가던 두 명인도 이미 80년대에 이승을 등졌고, 불멸의 음악만이 후손의 정서를 보듬어 주고 있다. 나는 죽파 서거 10주기를 맞아 추모시를 부탁받고 그의 유업을 천착해 봤다.

바람 되어 강물 되어

나그네 길 고단한 양
어느날 죽파竹坡 선생
바람 되어 가셨습니다
강물 되어 떠나셨습니다

하얀 구름 속에 인생무상 새기시고
텅빈 대발 위에 천년 공허 남기시고
열두 줄 굽이굽이 강물 되어 가셨습니다
허튼 가락 너울너울 바람 되어 떠나셨습니다

한 해 가고 두 해 가기 열 번의 세월
그리워 사무쳐서 애닯던 계절
이제사 알겠어요 아픔이 아님을
이승의 영별永別이 슬픔이 아님을
임은 가도 가시지 않은 기막힌 섭리
세월 따라 알았어요 난초 선생님
세월 가며 깨쳤어요 죽파 선생님

태백준령 계곡마다 바람이 지납니다
뭇 백성 가슴마다 강물이 흐릅니다
역사의 부침 시대의 영욕이 그대
한올 한올 땋아 엮은 명주줄 타고
환희도 비탄도 회한도 연민도 그대
한음 한음 짜아 엮은 산조바디 위로
바람 되어 지납니다
강물 되어 흐릅니다

티없이 그윽한 지예至藝의 가락이여
가없이 고절高節한 죽파의 예혼藝魂이여
그대의 가락 그대의 예혼
오늘도 이렇게 배달의 강토 위에
겨레의 정서 속에 바람 되어 흐릅니다
강물 되어 고입니다
바람 되어 강물 되어
영겁을 흐릅니다.

가야고 산조의 비조 김창조 명인

바야흐로 세상은 산조의 전성시대다. 독주회 때마다 빼놓을 수 없는 곡목이 산조다. 또한 어느 악기를 전공하건 간에 산조는 필수종목처럼 이수한다. 가히 산조의 황금시대가 아닐 수 없다.

하지만 시대를 조금만 소급해 올라가 보면 사정은 딴판이었다. 산조 음악을 경망하다고 여겨 식견 있는 음률가音律家들은 기피하고 외면했다. 내가 소장하고 있다가 국립국악원에서 영인출판한 《악서정해樂書正解》라는 책에는 이 같은 당시의 정황이 여실히 드러나 있다.

심성을 순화시키고 풍속을 교화시키는 '정음정악正音正樂'을 멀리하고, 산조나 병창 같은 '잡음잡곡雜音雜曲'에만 심취하려 드는 당시 세태를 1931년에 출간한 이 책에서는 신랄하게 비판하며 질타하고 있다.

서양 음악에서도 마찬가지지만, 어느 사회 어느 시대에선 간에 대중들이 좋아하는 대중성 있는 음악이 있기 마련이고, 소수의 고급 취향에 맞는 고전적 정악이 있기 마련이다. 다만 정악과 민속악의 분별이 엄격했던 지난 시절에는, 앞서의 책에서처럼 대개 식자층에서는 산조 음악을 폄하하며 기피했는데, 계층간의 구분이 사라진 오늘의 우리 시대에 와서는 너나없이 산조를 독특한 음악의 한 종류로 받아들이며 아무런 선입견 없이 탄주하고 있는 것이다.

분명 산조 음악은 한악계의 주류세력을 이루고 있다. 그럼 이같이 도도한 장강의 물줄기를 이룬 산조 음악의 발원지는 어디일까? 두말할 나위 없이 장소로는 민속악의 요람지인 전라도요, 사람으로 치면 김창조金昌祚다. 김창조 명인이 곧 산조 음악의 창시자다.

누구나 그러했듯이, 김창조 역시 하나의 악기에만 뛰어나지 않았다. 그는 악기나 창에 두루 능했는데, 특히 가야고 연주와 가야고 병창에 특출했다고 한다. 소리에도 일가견이 있다 보니, 판소리조를 부르면서 터득한 진양조나 중몰이, 중중몰이, 자진몰이 같은 장단을 염두에 두며 신방곡神房曲이라는 이름으로 산조의 기틀을 짜낸 것이다.

한 사람의 소소한 재간이 후대의 큰 물줄기가 되는 사례를 우리는 역사에서 흔히 엿볼 수 있다. 여기 김창조가 즐기던 사사로운 재기가 후대에 거대한 물줄기로 한 시대를 파죽지세로 풍미할 줄은 분명 본인 또한 상상도 못했을 것이다. 나는 시 한 편을 위촉받아 그의 업적을 기렸다.

가슴 적셔 심금 울린 그대의 예혼

월출산 달빛 어린 영암벌 맑은 햇살
선다리 누운다리 베틀 위에 걸쳐 메워
천의무봉 빛어 엮은 산조 한 틀은
천장天匠도 혀를 차는 지악至樂일레라
구름도 멈춰 듣는 천악天樂일레라.

육자배기 심방곡에 진양조 엇몰이로
잉아는 날줄 날고 바디는 씨줄 뽑아
세상풍진 수놓아 짠 산조 한 필은
내 핏줄 이어 내린 천고의 숨결
민족의 체통 세워 지킨 역사의 명줄

쓰려 아린 천년애환 삭혀 녹이듯
가야고 열두 줄을 어르고 퉁겨
피눈물 사연일랑 강물에 띄운
그대여 산조여 만인의 안식이여

남도 예향 영암 고을 황톳빛 서정으로
민초들 가슴 적셔 심금을 울린
그대여 김창조여 음악사의 샛별이여

흥과 멋을 발효시켜 앙금 내리듯
오동의 숨은 내력 절절히 울려
백의겨레 고운 운치 청사青史에 새긴
그대여 산조여 시대의 은총이여
구중심처 툇마루의 아롱진 봄별처럼
배달의 한 세월을 따사로이 보듬어온
그대여 산조여 김창조의 예혼藝魂이여.

심소 김천흥 선생

★

따듯하기 짝이 없었다. 인자하기 짝이 없었다. 천진스럽기 짝이 없었다. 짐짓 꾸며 내는 인위적인 작위作爲란 손톱만큼도 없었다. 결코 과장도 과찬도 아니다. 세상이 그분을 보는 눈은 한결같이 이와 같았다. 해금으로 정재무용으로 일세를 풍미하던 전통음악계의 원로 심소心韶 김천흥金千興 선생 이야기다.

그분은 한세상을 정말 따듯하게, 살맛나게 보듬어 주고 가신 분이다. 일제 암흑기부터 6 · 25를 거쳐 격동의 현대사를 관통하며, 거의 1세기 동안 음악과 춤으로, 아니 그분의 인자한 웃음과 온후한 심성으로 곤고困苦의 세월을 위무하고 치유해 줬다.

평생 화관을 쓰고 처용탈을 쓰고 너울너울 나비처럼 춤만

춰서 그런지, 심소의 용안은 익살스런 탈을 연상케 하는 분위기도 없지 않았다. 입가엔 늘 미소가 흘렀고, 눈가엔 천진무구한 인자함이 보드라운 봄날의 미풍처럼 어울졌다. 내가 국악원장으로 있을 때도 심소 선생은 관재 성경린 선생과 함께 매일같이 국악원 원로방으로 출근했다.

언젠가 심소 선생 혼자서 원장방엘 들르셨다. 서초동 국립국악원 경내에는 국악원과 관련이 많은 원로들의 동상이 세워져 있다. 그런데 심소 선생은 그 동상들을 박물관 안으로 옮겨 놓으면 어떻겠느냐는 제안이었다. 아마도 동료이자 스승뻘 되는 분들이 비바람 속에서도 야외에 서 있는 것이 마음에 안됐던 모양이었다.

나는 일장일단이 있는데, 기왕이면 여러 사람이 오다가다 볼 수 있는 야외가 낫지 않겠느냐고 말씀드렸다. 그때 심소 선생은 "그렇기도 하겠군…" 하며 선선히 자신의 제안을 철회했다. 원장방까지 찾아오셨으면 본인의 생각도 꽤 깊었을 텐데, 추호의 미련도 없이 단칼에 마음을 비워 버리는 것이었다. 나는 그때도 다시 한번 사소한 세사에 구애받지 않는 심소 선생의 무애無碍의 성품, 그 호방한 낙천성에 내심 감탄하지 않을 수 없었다.

심소 선생은 만인이 공감하는 한국 예술계의 사표였으며, 기예와 인품을 겸비한 후학들의 귀감이었다. 군계일학群鷄一鶴처럼 한 세기를 선도해 온 거성이고 보니, 어디 세상인들 잠잠히 두고만 보겠는가? 드디어 방일영문화재단이 그분을 영광의 무대로 초치하여 큰 상으로 보답했다. 나 또한 글을 지어 축하를 했다.

심소 선생 웃음만 같아여라

늦가을 황톳빛 낙엽따라
툇마루 봉당에 내린 햇살보다
따스하다 그 표정

향교마을 기와지붕 끝
창공에 헤엄치는 물고기 풍경보다
청징清澄하다 그 심성

은진미륵불의 귓밥보다도
석굴암 보살님의 눈빛보다도
인자하구나 다정하구나 그 웃음이

사바세계의 고달픔도
구중심처 청상靑孀의 한도
앵- 앵- 애앳앵 그의
해탈한 가락 앞에선 봄눈 되어

사라진다 강물 되어
씻겨간다 흘러간다

연화대에 학춤이며 춘앵전에 처용무
한 가락 한 사위마다, 백성들의
애환이 춤을 추지 민초들의
소망이 너울대지

방일영 국악대상 동짓달 열여드레
심소心韶 선생 다시 한번
눈들어 웃으신다 가락을 고르신다 춤을 추신다
구름 휘장 사이로 햇님 방실 웃으시듯
'내가 무슨 상을 받아, 더더구나 큰 상을'
티없는 파안대소 함박같은 너털웃음에
너와 내가 행복하구나
세상 살맛 솟는구나
인생살이 더도 덜도 말고 심소 선생
웃음만 같아여라
웃음만 닮아여라.

판소리계의 거봉 박동진 명창

★

20세기의 대부분은 주권 없는 문화 시대였대도 과언이 아니다. 늘 남의 문화 그늘 밑에서 눈치보며 살던 시대였다. 20세기 전반기는 일제 강점기로서 전통문화가 부상할 토양이 아예 아니었으며, 중반을 넘어서 6 · 25전쟁 이후 4반세기는 서구 문명의 밀물 속에서 고유의 토착문화는 익사 직전의 가련한 몰골로 겨우 명맥만 부지하는 형편이었다.

판소리만 해도 그렇다. 조선조 말엽만 해도 소위 팔명창八名唱이다 후기 팔명창이다 해서 기라성 같은 명창들이 우후죽순격으로 활동했다. 판소리계의 황금기였대도 과언이 아니다. 그 같은 황금 계절에 갑자기 된서리가 찾아왔다. 일제의 문화 말살정책과 그 이후에 주체할 수 없이 밀어닥친 서구 문물의 노도怒濤였다. 장기간의 외래 홍수 속에서 많은 토종문화가 유실되고 파괴되고 쇠잔해졌다.

판소리 음악 역시 같은 운명이었다. 전통적 판소리판은 사라졌고, 배역을 분담하는 창극조의 무대공연이 자리를 이었다. 그것도 여성들로만 구성된 소위 여성국극단이 판소리의 잔영殘影을 회상시키며 한 시대를 메워 갔다. 그러다가 60년대 이후부터 다시 종래의 전형적인 판소리 공연 형식으로 대중 앞에 서는 일이 잦아졌다.

바로 이 무렵부터 활발하게 활동한 명창들로는 남자에 김연수와 박동진이 있었고, 여성으로는 박녹주, 박초월, 김소희 등이 있었다.

나와 박동진 명창과의 인연은 꽤 오래되었다. TBC PD로 일할 때 여러 명인 명창들을 모시고 녹음이나 방송을 했는데, 특히 박동진 명창과는 그의 창작 판소리 '이순신 장군전'을 녹음하여 방송했다. 당시 TBC 라디오에 '여명의 가락'이라는 40분짜리 국악 프로그램이 있었고, 나는 매일 새벽 이 프로그램에서 여러 가지 국악곡들을 직접 해설하며 이끌어 갔다. 이때 일부 시간을 고정적으로 할애해서 박 명창의 신작 이순신 판소리를 내보냈다.

내가 기억하는 박 명창의 인상 중에서 몇 가지만 소개하면, 우선 남다른 끈기와 부단한 노력을 꼽지 않을 수 없다. 90년대 말엽 내가 국악원에 봉직하고 있을 때였다. 그분은 한 시대를 풍미하는 대가임에도 하루도 거르지 않고 아침 7시에 어김없이 국악원 연습실에 출근하여 연습을 했다. 소위 연주단원 고참들이라는 오십 대들은 적당히 연습실을 지키며 빈둥대는데, 칠십 대 고령의 박 명창은 비가 오나 눈이 오나 새벽같이 연습실에 들렀다.

한번은 그분이 원장방에 들러 특유의 우스개 어투로 "세상에 쓸개 없는 놈이라고 하더니, 저야말로 쓸개 없는 놈이 됐네요"라고 한마디 던졌다. 담낭수술을 한 것이다.

바로 며칠 후였다. 나는 이순신 장군 순국 400주년을 추념하고 당시 수중고혼이 된 선조들의 넋을 기리기 위해 진해 해군사령부의 협조를 얻어 진해 앞바다에서 함상 진혼음악회를 갖기로 되어 있었다. 프로그램엔 박 명창의 판소리가 들어 있었지만 오시지 말라고 만류했다. 그때 박 명창은 "나는 무대에서 노래하다 죽는 것이 소원"이라며 추호도 뜻을 굽히지 않았다. 결국 일행과는 동행하지 못하고 가족의 부축을 받으며 따로 와서 무탈하게 함상갑판에서 역사의 한을 판소리로 토해 냈다.

박 명창은 그만큼 강한 노력형의 소리꾼이었다. 그분의 장례식 때 신영희 명창은 내 조시로 작창을 하여 애도해 드렸다.

텅 빈 공허만이 해일처럼

갈까 보다 갈까 보다 님을 따라 갈까 보다
느릿한 북장단 구성진 진양조로
심금을 울리더니 산하를 울리더니
세월 따라 홀연히 밀물 따라 황망히
피안彼岸으로 떠나가신 겨레의 명창

걸죽한 입담 구수한 익살
오장이 후련하던 통쾌한 풍자 한판
찌든 가슴 웃기더니 고된 세파 달래더니
바람 가듯 기어이 꽃잎 지듯 허망히
산돌아 떠나가신 한 시대 예인藝人이여

자강불식自强不息 팔십 평생 예술혼 불태우며
'우리 것은 좋은 게여' 정수리 일침으로
후학의 사표 되고 경세죽비警世竹篦 되시더니
추월만정 외기러기 일진광풍에 밀려가듯
서천으로 날아가신 소리세상 별이시여

오두백烏頭白 한 대도 다시 못 듣고
마두각馬頭角 한 대도 돌릴 길 없는
아! 자상한 그 육성 민초의 가락
아스라이 흘러흘러 잦아진 골엔
바람도 멎고 초침도 멎어
텅 빈 공허만이 해일처럼 쌓입니다
잿빛 슬픔만이 구름처럼 덮입니다.

관재 성경린 선생

★

관재寬齋 성경린成慶麟 선생은 국립국악원을 키우고 지켜온 분이라고 해도 과언이 아니다. 그만큼 업적도 뚜렷했고 오랜 기간 국악원에서 봉직했다.

관재 선생은 국립국악원의 전신인 이왕직아악부원양성소 3기생 출신이며, 이후 국립국악고등학교 교장과 제2대 국립국악원장을 역임했다. 전공은 거문고였지만 당시 추세가 그러했듯이 전공 악기만 다룰 수 있는 게 아니라, 아악연주용 악기라면 여러 가지를 두루 소화해 낼 수 있었다.

관재 선생은 평생을 심소 김천흥 선생과 죽마고우로 동행했다. 두 분은 어디를 가나 서로 그림자처럼 떨어지질 않았다. 식사를 하러 가건, 공연 관람을 가건, 산책을 하건, 등산을 하건, 동행하지 않은 적이 없었다. 그만큼 서로를 믿고 의지하며 평생을 지기지우知己之友로 살았다.

중국 고사에 백아절현伯牙絕絃의 이야기가 있다. 옛날 거문고의 명수였던 백아伯牙라는 사람이 있었는데, 그의 음악을 귀신같이 알아듣는 사람 중에 종자기鐘子期라는 친구가 있었다. 백아가 태산준령을 연상하며 줄을 뜯으면, 종자기는 이내 알아차리고 "태산고봉이 푸른 하늘에 치솟았구나"라며 감탄하고, 다시 백아가 광활한 바다를 염두에 두고 탄주를 하면 "양양한 푸른 바다가 끝이 없구나" 하고 탄복을 했다. 그만큼 종자기는 백아의 음악을 백아의 분신처럼 알아듣고 이해했다. 그런데 종자기가 백아보다 먼저 죽고 말았다. 자신의 음악을 알아줄 지음知音이 없게 되자 백아는 이내 거문고 줄을 끊고 다시는 음악을 하지 않았다.

여기 관재와 심소는 한국판 백아와 종자기였대도 헛말이 아닐 정도로 서로 자별하게 밀착해 지냈다. 별세의 시기도 백아와 종자기를 떠올리게 한다. 심소 선생이 작고하시고 바로 그 이듬해 관재 선생이 돌아가셨다.

두 분은 평생 동지처럼 살았지만, 성향은 상반된 점이 많았다. 관재 선생은 깔끔하고 강직한 면이 두드러졌고, 심소 선생은 소탈하고 온후한 분위기가 더 드러났다. 상반된 품성인 듯싶은데도 그토록 절친으로 일관한 연유라면, 아마도 상반된 성질의 음과 양이 상생적으로 만나서 제3의 시너지 효과를 내듯 두 분의 경우도 그와 같지 않았을까 싶기도 하다.

아무튼 맑고 곧은 선비형의 관재 선생은 문학적인 소양도 깊어 글쓰기에도 일가를 이뤘다. 관재의 문장은 아주 독특해서 단정하고도 맛깔스러웠다. 선인들이 흔히 쓰던 고풍스런 형용사나 수식어를 구사해서 자신만의 문체로 글을 쓰는 솜씨는 웬만한 내공으로는 어림없는 일이었다.

어느 해 방일영국악상은 관재를 초치해서 그간의 공로를 기리는 영예의 상을 드렸다. 나는 송시 한 수를 지어 심축해 드렸다.

쌓으신 공적 향기로워라

고란사의 고란초보다
망강루望江樓 죽림 속의
청잎 대보다 더
향기로우셔
속이 곧으셔

검은 학 부려 놀던 왕산악보다
지리산 솔바람에 세월을 잊은
귀금보다 표풍보다 더
그윽하시여
허허로우셔

곤륜산 해곡죽이 황종관 되고
동해상 만파식적 신적을 울려
예악을 일으키고 인륜을 세웠듯이
관재 선생 예도 일생 씨줄이 되어

청솔처럼 곧은 평생 날줄이 되어
장하시네 높으시네
나라음악 일구신 공,
우러러 높으시네
겨레음악 가꾸신 공

거문고 성음으로 지악무성 일깨우고
청징한 마음결에 선비품도 수범하신
그 공훈 그 훈도
그 강직 그 청렴
인구에 회자되고 후학에 귀감되니
종자기 알아채어 화룡점정 찍는구려

오늘의 대상 오늘의 영광
용눈 그려 열매 맺누나
용눈 그려 비상하누나

오! 청초하시여 가며로우셔

걸어오신 자욱마다 청징하시어

보듬던 손길마다 가며로우셔

쌓으신 공적마다

거룩하시어 허허로우셔

속이 곧으셔

향기로우셔.

판소리계의 북신北辰 송만갑 명창

요한 크리스찬 바흐는 하이든과 더불어 바로크 시대를 대표하는 서양 음악계의 거장이다. 그의 집안은 200년에 걸쳐서 50여 명의 음악가를 배출해 낸, 당시 유럽 음악계의 으뜸가는 교목지가喬木之家였다고 한다.

한국 판소리계에서는 사정이 어떠한가? 바흐처럼 수백 년 이어내린 가문은 아니지만 3대에 걸친 명창을 길러낸 집안은 있다. 왕년의 판소리 명창이었던 송만갑 명창의 가문이 곧 그러하다. 비록 3대에 걸친 음악 가문이기는 하지만, 당시 판소리가 처해 있던 열악한 사회적 위상이나 편견 등을 감안하면 결코 예사로운 일이 아니었음도 사실이라고 하겠다.

송만갑 명창의 소리맥은 조부 송흥록으로부터 부친 송우룡을 거쳐서 이어지고 있다. 송 명창은 1865년에 출생하여 1939년에 작고한 소리꾼이다. 출생지는 전남 순천인데, 일설에는 전북 구례라기도 한다.

판소리의 소리제는 대별해서 동편제와 서편제로 나누기도 하는데, 송만갑 명창의 가계는 동편제에 속한다. 대충 섬진강을 기준으로 해서 동쪽 지역은 장대한 지리산의 위용을 닮아서인지 소리가 웅장하고 호방하다. 애련하게 늘어지는 서편제의 소리와는 확연히 구분된다. 동편제 소리의 종가집이라고 할 수 있는 송 명창 집안의 소리는 당연히 호탕하고도 시원스럽다. 흔히 '통상성通上聲'이라고 호칭되는 투명하면서도 웅혼한 성음이다.

열셋에 이미 아이 명창으로 이름을 날리던 송만갑 명창은 수시로 어전에 불려가서 소리를 했고, 그 공으로 감찰직監察職이라는 관직까지 제수받은 적이 있다. 창극무대의 요람이었던 원각사 시절에는 당대의 명창 김창환과 함께 중추적인 역할을 하며 창극 발전에 열정을 쏟았다.

송 명창은 특히 판소리 적벽가 중에서 화용도華容道 대목과 춘향가 중에서 농부가 대목을 잘 불렀다고 하는데, 한창 인기가 높을 무렵에는 송만갑 협률사라는 사설 유랑 극단을 조직하여 전국을 순회하며 공연을 펼치기도 했다.

무슨 계기였는지는 모르지만 어느 해 국립국악원에서 송 명창 단가를 만들겠다며 내게 원고 청탁을 해 왔다. 그렇게 해서 기록 하나 남은 것이 다음 글이다.

단가 송만갑전宋萬甲傳

어화 세상 벗님네들 송 명창 내력을 들어보소
자고로 제제다사濟濟多士 명창들은
명산대천의 정기를 받아 태어나거늘,
여기 천하명창 송만갑도 사세고연事勢固然 예외가 아니렷다
송 명창의 고향 지세를 볼작시면 전라좌도全羅左道
예의지향禮義之鄉 구례求禮 땅의 백련리白蓮里라
백두대간 솟아내린 지리산의 만학천봉萬壑千峰
외외巍巍하게 둘러있고,
섬진강 일의대수一衣帶水 굽이굽이 돌아나니
배산임수背山臨水 장풍득수藏風得水
명당길지明堂吉地가 분명쿠나
산세가 저러하고 지세가 이러하니,
어찌 일세를 풍미할 호걸 명창이 없을쏘냐
웅혼무쌍한 지리산의 기상氣像인 양 비장脾臟에서 울려오는
궁음宮音 소리 바탕으로 동편제를 만들어 낸
소리판의 송흥록宋興祿이 첫 번째 호걸이요

핏줄도 못 속이고 천성도 못 속이듯 가문 내력 어찌하랴
부전자전父傳子傳 빼어닮은 송우룡宋雨龍이 두 번째 인물이며,
청출어람靑出於藍에 후생가외後生可畏 부친 조부 저리 가소
지리산과 섬진강을 반반 접어 빚어낸 듯 동서편에 두루 능한
가객삼송歌客三宋 삼대손三代孫인 송만갑이 세 번째 인걸이자
후세 칭송의 당사자라
송 명창의 소리 재질 유년부터 출중해서
단가 한 수 입을 열면 온 마을이 술렁이고
진양조 긴 장단에 원근 고을 혀를 차니
아기 명창 세상 평판 과연 허언虛言 아니로구나
주마走馬에 가편加鞭이라 타고난 재분에다
명산대찰名山大刹 폭포암굴瀑布岩窟 두루두루 찾아들며
소리공부 진력盡力하니 미구未久에 득음하고
일가一家를 이루더라
고왕금래古往今來 선구적인 인걸들은
술이부작述而不作 구태의연舊態依然

앵무鸚鵡 소리 토해 낼 때

옛것에만 연연 않고 장삼이사張三李四 엄두 못 낼

엉뚱한 일 이뤄 내니 송 명창이 그이로다

소리바탕 놓고서도 송씨 가문 선친들은

호방장대豪放壯大 격조 높은 동편제만 권했지만

만갑 명창은 무가내라 패려자손悖戾子孫 감수하며

섬진강의 정감情感이랄 애련처창哀憐悽愴 휘감기는

서편제도 아우르니

송 명창의 소리더늠 놀랍고도 장하구나

천의무봉天衣無縫 금상첨화錦上添花 소리판의 천지개벽

신경지를 열어내니 산천도 감동하고 초목마저 숙연쿠려

송 명창의 높은 명성 인구人口에 회자膾炙되고

팔도에 충천하니

천하 명창 다 모여든 협률사協律社가 모셔가고,

나라 상감 고종황제 친히 불러 소리 듣고

감찰監察 벼슬 하사下賜터라

아서라 세상사 누구라서 인생은 짧고 예술은 길댔던가
백의겨레 마음밭엔 보배로운 삼송가맥三宋歌脈
맥맥히 흐르는데
당대 명창 송만갑은 백천百川이 동도해東到海라
하시에 부서귀復西歸아
섬진강 물결 따라 지리산 구름 따라 기약 없이 흘러흘러
한번 가고 아니 오니
무심한 창공에는 색즉시공色卽是空 공즉시색空卽是色
선현들의 말씀만이 송 명창의 가락 타고
허허로이 흐르는구나
아소 세상 벗님네야 인생무상人生無常 한틀 말고
송 명창의 소리처럼 정스럽고 멋스러이
풍류인생 살아보세
역대 명창 높은 은덕 가슴 깊이 새겨가며
우아하고 화목하게 유유자적 살아가세.

서도소리 오복녀 명창

★

6 · 25의 비극은 비단 사람에게만 있는 게 아니다. 문화에도 분단의 아픔은 있다. 바로 서도소리의 경우가 그러하다. 서도소리란 말 그대로 서도지방, 즉 평안도와 황해도 일대의 노래들을 일러 서도소리라고 했다. 대표적인 노래가 평안도의 수심가와 긴아리와 잦은아리, 그리고 황해도 지방의 난봉가류가 그것이다.

노래도 제 고장을 떠나면 뿌리 잘린 나무와 다를 바가 없다. 고향땅에서 발효되어 싹튼 노래이니, 당연히 고향의 정서가 자양분처럼 받쳐 줘야 하는데, 그럴 환경을 잃었으니 노래인들 싱그러울 수가 있겠는가!

그러니 어쩌겠는가? 몸은 남쪽에 있고 뿌리는 북쪽에 있지만, 그래도 입 닫고 있느니보다는 고향의 노래라도

흥얼거리며 천추의 한을 달래보는 것이 노래하는 당사자도 위안이 되려니와 숱한 실향민들의 아픔에도 작은 보살핌이 되지 않겠는가?!

아무튼 서도 명창 오복녀吳福女와 김정연金正淵은 20세기 후반을 독무대처럼 주름잡던 서도소리의 대가들이었다. 물론 6 · 25전쟁 이전에 서울에 와서 하규일 등에게 음악 수련을 했지만, 서도소리의 전통은 이들 두 자매 아닌 자매 명창들에 의해 반듯하게 이어졌대도 과언이 아니다.

같은 계통의 노래로 활동을 하다 보면 자칫 라이벌 의식을 느끼며 서로 소원해지기도 하는데, 이 두 가객은 평생을 그림자처럼 동행하며 자별하게 음악 활동을 했다.

내가 방송사 PD로 일할 때 김정연 명창에게 연락해서 가끔 서도소리 녹음을 했는데, 그때도 어김없이 두 분이 동행하곤 했다.

내가 보기에 두 명창의 노래는 상호보완적이지 않나 싶었다. 김정연의 노래는 성색부터가 투명하고 맑았다. 내가 종종 비유적으로 표현하는 말처럼, '묘향산 계곡의 바위

틈을 흐르는 청량한 석간수石澗水' 만큼이나 해맑았다. 해맑은 성음에 '조개는 잡아 젓 절이고 가는 임 잡아 정들이자'는 가사말처럼 서도 특유의 정조가 아린 듯 차분하게 배어 있는 음색이었다. 이에 비해 오복녀의 성색은 저음역으로 수수한 듯 따듯하고 성실한 듯 구수했다. 서로를 보완해 주기에 안성맞춤의 콤비였다고 하겠다.

북녘 고향이 그리워서 늘 북녘으로 날아가는 외로운 기러기 한쌍처럼, 이들 기러기 명창들도 두고 온 고향의 정서를 못 잊어 늘 고향 노래를 부르다가 다시는 돌아오지 못할 서천으로 날아갔다.

김정연 명창이 80년 후반에 앞장을 서고, 오복녀 명창이 21세기 벽두에 뒤를 따르며 끼리룩 낄룩 차가운 하늘을 외로이 날며 서천으로 날아갔다. 나는 오 명창의 1주기에 시 한 편을 남겼다.

서천으로 날아간 외기러기 노래

허구한 날 끼끼룩 끼룩
가을하늘 높이 날던 기러기 자매
보일 듯 잡힐 듯 휴전선 저 넘어
가슴에 봉숭아물 못내 그리운
고향마을 궁초댕기 그 시절 사연
애달파 멍이 되어 뚜루룩 끼룩
해맑은 서도창도 목이 메더니

녹슨 철조망 쪼다 부릴 다쳤나
어느 날 기진맥진 기러기 하나
스르르 나래 접어 구름 위로 떠나니
홀로 남은 외기러기 외로움 곱이 되어
하염없이 때도 없이 창공을 날며
아스라이 고향땅 두고 온 가락
대 잡아 신 내리듯 신명껏 불러댔지

'눈물은 겨워 대동강 우덕에 백운탄白雲灘 되고
한숨은 쉬어 모란봉 위에 딴 봉을 돋히네'
무늬 구름 자욱한 노을 진 하늘가로
늦은 한배 긴아리에 서리서리 엉킨 한
고향 노래 불렀지 이산의 아픔
가슴 후벼 읊었지 시대의 설움

조개는 잡아 젓 절이고 가는 님 붙잡아 정 들이듯
아, 붙잡아 정들일 서도의 예인
아직도 오뉘들 가슴속엔 관서의 속멋
여울 되어 달빛 되어 무늬져 흐르는 데
정매화庭梅花 피던 날 홀연히 가신
서도소리 어머니 겨레의 명창
임은 정녕 보이질 않습니다
약산의 동대 진달래 붉고
능라도 수양버들 초록포장 둘러도
님은 보이질 않습니다
오시질 않습니다.

만당 이혜구 박사

학창 시절 내가 지식이 아닌 인품으로 감화를 받은 스승은 오직 한 분인데, 바로 만당晩堂 이혜구李惠求 박사가 그분이다. 만당 선생은 서울 당주동의 뼈대 있는 교목지가에서 태어났으며, 당시 경성제대 예과에서 영문학을 전공했다. 일찍이 서양 악기를 익히기도 했는데, 예과 때는 현악사중주단을 만들어 활동하기도 했다.

졸업 후 경성방송국에서 근무하며 국악계와 인연을 갖게 되었고, 1959년에는 서울음대에 새로 창설된 국악과장으로 부임해 후학을 양성하며 한국음악학의 초석을 놓기 시작했다.

나는 대학 시절 그분으로부터 어떤 지식을 배웠는지는 하나도 기억에 없다. 하지만 나의 뇌리 속에는 항상 그분의 고매한 인품과 덕망의 아우라가 떠나지 않고 맴돌았다. 세상을 살아가면서 참으로 존경할 만한 분을 만난다는 것은 여간한 복이요 행운이 아니다. 나는 만당 스승을 모시면서 그 같은 행운을 누릴 수 있었다.

일찍이 공자는 군자눌언君子訥言이라고 했다. 군자는 말투가 어눌하다는 뜻인데, 바로 만당 선생을 두고 한 말이지 싶을 정도로 그분은 말씀이 느리고 적었다. 깊이 속에 든 것은 없으면서 청산유수로 떠들어대는 요즘 세태의 명사들을 보노라면 금세 나의 스승 만당 선생님과 대비되며 내심 쓴웃음을 짓게 되는 경우가 한두 번이 아니다.

그러고 보니 공자뿐만 아니라 노자 역시 민심의 세태를 정확히 읽은 선각자가 아닐 수 없다. 일찍이 언자부지 지자불언言者不知 知者不言, 즉 말 많은 사람치고 제대로 아는 이 없고, 깊이 아는 자는 말수가 없다고 명쾌하게 단언했으니 말이다.

한때 나는 서울대학을 흉보고 다닌 적이 있다. 사람 됨됨이에는 관심 없고 지식만 잔뜩 구겨 넣고 나와서 천하의 엘리트들인 양 안하무인으로 설쳐대서였다. 그런데 단 한 번 “아, 그래도 역시 서울대구나” 하고 머리를 끄덕였던 적이 있다. 바로 만당 스승이 서울대 총동창회에서 수여하는 제1회 ‘자랑스러운 서울대인상’을 수상할 때였다.

수십만 명의 서울대 졸업생 중에는 기라성 같은 명사들이 많다. 석학도 많고 기업인도 많고 고관대작의 관직자들도 많다. 그럼에도 서울대 총동창회에서는 일반대중이 이름 석 자도 기억하지 못하는 청빈한 학자를 제1회 수상자로 선정한 것이다. 역시 무언가 서울대다운 안목이구나 싶어서 감격하지 않을 수 없었다.

1995년 만당 스승은 조선일보 방일영국악상을 수상했다. 나는 시조체로 만당 스승을 기리는 송가頌歌 3수를 지어 조선일보에 실었다.

만당 스승 송가 3장

따비밭 이랑 매듯 열두 음을 가려내고
학두루미 깃 다듬듯 옛 악보를 귀맞추어
겨레얼 배달소리 고이 빚어 울리신 분

자네 말엔 주어 없고 이 글에는 논증 없네
하기사 몸건강도 천하보다 소중하이
호학정신 제자사랑 무언궁행 하옵신 분

문질文質은 미풍 되고 덕기德氣는 햇살 되어
선비기풍 누리에 펴 백련白蓮 같은 삶을 사니
역사는 그분 일러 대붕大鵬이라 칭송하네

또한 2008년에는 축시를 지어 백세期頤 생신을 축하했고, 2010년 만당 스승이 별세하셨을 때는 깊은 애도의 마음을 담아 조시를 쓰고, 장례식장에서 직접 봉독해 드렸다.

만당사군晩堂師君 기이봉축사期頤奉祝詞

교목가통喬木家統 벼릿줄 되니
씨줄의 위緯는 천부의 고결高潔
학덕은 사해四海에 빛나고
인격은 중천中天에 높아
뭇사람 그분 일러 청구靑丘의 선비라네
만세스승 그분 일러 동방의 군자君子라네

동양 서양, 전통과 현대의 시대적 진운進運을
한악韓樂과 영문학, 동서의 악론樂論으로 조응하시고
국악과의 창설에 전통문화 현창顯彰이며
지극정성 후학 훈도訓導 한 세기 세월
오로지 학구일도學究一道 호지락지好之樂之 즐기시고
안빈낙도安貧樂道 청학靑鶴의 길 일이관지 지키시니
서울대 동문회도 만당晩堂 은사 정중히 모셔
제1회 '자랑스러운 서울대인상'으로 칭송하고
세상은 온통 성어악成於樂에 인악人樂의 경지라며
이구동성 북두北斗처럼 경모敬慕하누나

오, 생명의 누리 희망의 계절

만당사군晩堂師君 기이期頤 연세 맞으시니

이 희열 이 행복 이 포만감

평생을 스승님의 덕화德化와 훈육訓育으로

풍진세상 부지扶持해온 제자 일동은

하늘을 우러러 일제히 부르누나 축수하누나

'지로광명첨복수至老光明添福壽

기이세월익강녕期頤歲月益康寧'

만당 스승님 영전에

청사靑史에 빛날 만인의 사표師表
만당 사부님
당신께선 진정
높은 산이셨습니다
학문의 골은 깊고
덕망의 뫼뿌리 높아
한결같이 세상 사람 우러러 흠모하던
군자君子의 나라 이 땅의
태산이셨습니다

당신께선 진정
깊은 바다이셨습니다
백천百川이 흘러 창해滄海로 들듯
풍진세상 방황하던 젊은 영혼들
마침내, 거유巨儒의 인품
천년 석학碩學의 덕화德化 속으로

감심하며 회귀하던 인생의 등대
호한浩汗한 바다이셨습니다

기라성 같은 별들의 고향, 서울대 동문회가 드린
제1회 '자랑스러운 서울대인상'의 그 영예
진정 당신께선 별 중의 별 북두北斗이셨습니다
한악계韓樂界를 선도한 자침磁針이시고
선비의 삶을 궁행한 전범典範이시고
팔음극해八音克諧의 인격으로 시속時俗을 밝힌
밤하늘에 영롱한 북두이셨습니다
사해四海가 존경하는 태두泰斗이셨습니다

참으로 당신께선
낙락장송落落長松의 고결한 청학靑鶴이셨습니다
그토록 맑고 개결介潔하시어
그토록 티없이 청순淸純하시어
속진俗塵의 후학들 가없는 부끄럼에
염화미소拈華微笑 마음 닦던
백년의 한 번 청학이셨습니다

아, 한 세기 세월의 여울목엔
운무雲霧 자욱 천지의 서기가 드리웁니다
태산이 아스라이 멀어집니다
바다가 고요히 명상에 듭니다
북두가 명明과 유幽의 경계를 넘습니다
어즈버, 낙락장송의 청학마저
'보허자步虛子'의 가락 타고
'만당晩堂'의 둥지를 허허로이 떠나갑니다

송하松下의 동자에게 묻지 않겠습니다
스승님의 부지하처不知何處를
우리는 이미 느끼고 있기 때문입니다
우리는 이미 믿고 있기 때문입니다
우리는 이미 듣고 있기 때문입니다
구름 밖, 피안彼岸에서 들려오는
대음희성大音希聲의 장려壯麗한 합악合樂
'만당사군晩堂師君' 기리는 천상의 화음을!

매은 이재숙 교수

★

매은梅隱 이재숙李在淑 교수는 서울음대 국악과 1기 졸업생이다. 석사까지 마친 얼마 후에 곧바로 음대 국악과 전임강사가 되었다. 그 후 정년까지 수십 년간을 모교에서 후학들을 길러냈다. 그동안 길러낸 제자들만 해도 수수백 명이 넘을 것이다.

18세기가 19세기로 넘어가는 길목에 살았던 전남 영암의 김창조 명인이 가야고 산조를 창안했다는데, 그 산조 음악을 널리 보급하여 가야고 음악이 전통음악계의 주축을 이루게 된 배경에는 그의 공로가 절대적이었다.

연초에 작고한 황병기 교수가 가야고를 위한 신곡을 많이 창작하여 가야고 음악의 레파토리를 크게 확충했다면, 이재숙 교수는 연주를 통해서 널리 전파하며 외연을 크게 확충했다. 한마디로 김창조의 손에서 탄생한 가야고 산조는 이재숙을 통해 기하급수적으로 확대됐다고 할 수 있다. 말하자면 가야고 산조의 중흥자인 셈이다.

학창 시절의 이재숙은 용모단정한 여학생이었다. 정갈한 성품 그대로 매무새가 단정했다. 성음은 낭랑했고 표정은 늘 밝았다. 어찌 보면 서울 깍쟁이 같기도 한데 마음씨는 더없이 다정하고 자상했다. 사회에 나와서도 늘 고개를 끄덕이게 하는 사실이지만, 그는 남에게 잘 베풀고 사람을 인자하게 대한다. 한마디로 천성적으로 정이 많은 여인이다.

2017년 이재숙 교수는 그간의 공적을 인정받아 조선일보 방일영국악상을 수상했다. 나는 축사의 글에서 이런 글을 남겼다.

"확실히 이재숙 교수와 가야고는 혈통이 유사한 천생 연분일시 분명하다. 그만큼 양자 간에는 정서가 같고 뉘앙스가 같고 정체성이 상사相似하다. 사근사근 자상한 속삭임이 닮았다. 투명한 창가에 놓인 난초처럼 정갈하고 단정함이 닮았다. 상대의 희로애락을 살뜰히도 보듬어 주는 따듯함과 자애로움이 닮았다. '당' 줄을 뜯으면 당으로 울리고 '징' 줄을 튕기면 징으로 울어 주듯, 우여곡절 인생살이 굽이마다 늘 밝은 웃음과 진정어린 배려로 이웃 주변을 챙겨주는 살뜰한 고마움이 또한 빼닮았다."

'따듯한 정겨움 사춘思春의 마음씨'에도 결국 귀밑머리에 한가닥 서릿발이 내리고, 남들은 일러 화갑이라 칭송하니 낸들 어이 소이부답笑而不答 손놓고 있을손가!

영광의 앞날 환희의 화갑

공후 튕겨
조청보다 끈끈한 고조선
민초들의 애환을 천추에 새긴
대동강 나루마을 여옥麗玉일리니
동짓달 기나긴 밤보다
길-고 유장한 가락 읊어
배달의 멋 그윽한 풍류
가슴 흠벅 적셔 주던
영원의 자유인 황진이黃眞伊리니

멋도 낭만도 세월에 씻겨
까칠하게 메마른 고달픈 삶터
얼도 정도 세파에 찢겨
초라히 나부끼는 회색빛 거리
그 황량한 지평, 스무 세기 백의白衣의 들녘
향기 담뿍 우려내어 삶을 보듬는

한 송이 싱그런 들국화여라
농현 울려 민족 정서 텃밭 가꾸는
한 떨기 청초한 자생화여라
여옥麗玉일러라 진이眞伊일러라
한양성 관악골 이재숙李在淑 교수

안족 위의 날렵한 방년의 옥수玉手
따듯한 정겨움 사춘思春의 맘씨
을지로 학창 시절 그대로인데
어즈버, 꽃답던 아미娥眉 위엔 밉살스레
민들레꽃 솜털 하나 흩날리누나
완자문 주렴珠簾 속의 가야고 탄주
중중몰이 휘돌아 무르익는데
느닷없는 엇장단의 인생 이정표
가야고 60년 갑년甲年이라며
무심한 석양빛만 비껴가누나
화개화락花開花落 예순 번째 이재숙 교수
영광의 앞날 환희의 화갑華甲
여옥麗玉일지니 진이眞伊일지니.

이성천 교수

초창기 서울음대 국악과 입학생 중에는 좀 유별난 학생들이 있었다. 우선 또래들보다 나이가 위였고, 다른 전공을 하다 온 지망생도 있었다. 1기 권오성 교수만 제대로 입학한 경우이고, 2기인 나는 서울 문리대를 두 번 낙방하고 삼수를 준비하다가 국악과로 방향을 바꿨다.

한편, 3기로 입학한 이성천李成千 교수는 모 의대 의예과를 다니다가 왔으며, 4기 한만영 교수는 서울 문리대 영문과를 졸업하고 어느 고등학교 영어 선생을 하다가 국악과 3학년으로 편입해 들어왔다.

이 초창기 학생들은 나이도 있고 다른 분야를 기웃거리며 안목을 넓혀서인지 같은 학년 학생들의 신망을 잃지 않았다. 그래서 당시 음악대학 학생회장은 이들 국악과

학생들이 대를 이어 하게 되었다. 국악과 1기 권오성을 비롯해서 2기에 필자, 3기 이성천, 4기 한만영이 차례로 학생회장을 했다. 그런데 재미있는 사실은 이 네 명의 국악과 학생들의 입학 연도와 나이가 서로 반비례했다는 점이다. 다시 말해서 1기 권오성은 40년생으로 제일 낮고, 2기의 나는 39년생으로 1기보다 많고, 3기 이성천은 36년생으로 2기인 나보다 많았으며, 4기 입학인 한만영은 35년생으로 3기 이성천보다 앞섰다.

세월이 흘러 이 네 명 중 이미 고인이 된 사람이 두 명이나 되니, 이제 앞서 설명해 온 국악과 초창기 학창 얘기들은 까마득한 먼 옛날의 설화처럼 나 홀로 담아둘 수밖에 없는 처지가 되었다.

고인이 된 이성천 교수의 첫 인상은 우선 유난히 키가 컸다는 점이다. 아마도 190센티미터 가까운 큰 키가 아니었나 싶다. 키는 큰데 체구는 호리호리하니 시각적으로 더 크게 보였다. 집안이 함경도에서 월남한 것으로 알고 있는데, 함경도 기질이 있어서인지 과묵하고 좀해서 속내를 드러내지 않았다. 술도 안 하지만 어쩌다 주석에서 농담을 던져도 그저 씩 웃기만 하고 응대가 없었다.

키 크고 과묵하며 자신의 전공인 작곡에만 침잠해 있었으니, 주변에서 그를 바라보면 장삼이사들보다도 탈속한 사람처럼 보이기도 했다.

지금도 이성천 교수를 떠올리면 입가에 절로 웃음기가 도는 장면이 있다. 물론 학창 시절이었다. 한 해 후배인 그는 한 해 선배인 내 동기생 여학생과 연애를 했다. 그런데 그 여학생은 여느 여학생들에 비해 키가 월등히 작았다. 제일 키 작은 여학생과 제일 키 큰 남학생과의 만남이었다. 둘이 다정하게 교정을 지나는 모습을 보면, 그렇게 재밌고 한편 웃음이 배어나지 않을 수 없었다. '극과 극은 그렇게도 멀었고, 그렇게도 가까웠다'는 어느 시인의 시처럼 애정의 세계란 남이 이해 못할 구석이 있는 모양이었다.

극과 극의 대비, 부조화의 조화로 을지로6가의 음대 교정에 아름답고 인상적인 추억 한 토막을 심어 주던 그때 그 시절이 그립지만, 이미 장강의 물결은 속절없이 과거의 장으로 흘렀으니 낸들 어쩌겠는가!

나는 키가 크고 눈망울이 맑았던 그를 두고, 청산에 사는 청노루에 비견해서 회갑 축시를 써준 적이 있다.

추억처럼 따스하구나

사람들은 세월의
맥없이 가파른 덤불산을 발 엮인 노예처럼
후이적 후이적 오르고 있다

그러다간 잠시
시간의 무한층계無限層階 예순 번째 단에 올라
가쁜 숨 늦춰 논 채
돌하루방의 풍상 같은 삶의 뒤뜰을
지그시 실눈 떠 반추한다
백마가 문틈을 달리는 속절없는
찰나刹那를 본다
구름이 흘러간 텅 빈
공허空虛를 본다

여기 병자년丙子年에 떠나온
세월의 등반대에는
멀리 보려 훤칠한 청노루도 있었다
세상 속정俗情 모른 이치로
눈망울엔 항상
맑은 산자락이 투영되는
고고한 절개節介 같은 껑충한 청노루도 있었다

조신하게 세상 진흙 피해 밟은
산노루 60여 개 또렷한 자국 속엔
성실誠實이 괴었구려
신심信心이 배었구려
이슬 같은 청초淸楚가
해죽이 속살을 틔우는구려

갑년甲年 되니 완연할사 크고 작은 발자취들
한 점 두 점 이어보니 속뜻 깊은 기호여라
성어악成於樂의 천년화평千年和平 하늘 아래 펼치고저
성천成千 형이 다듬어 낸
예술혼의 부조浮彫여라
신명 지펴 솔선해 온
인생살이 실화實話여라

국악교육학회에 관악산의 서울음대
21현 가야고와 정성 담긴 책자들은
지음자知音者들 이끌고 온 국악마을 이정표里程標
'놀이터'에 합주 중주
정갈한 소리들은
뭇사람의 가슴의 때 눈 녹이듯 헹궈내며
옛 얘기처럼 자상하구나
추억처럼 따스하구나.

운초 장사훈 박사

★

운초云初 장사훈張師勛 박사는 만당 이혜구 박사와 더불어 서울음대 국악과를 반석에 올려놓은 분이다. 그만큼 음대 국악과 육성에 끼친 운초 선생의 공적은 지대하다.

내 학창 시절에 국악과 전임교수는 운초와 만당 두 분밖에 없었다. 달리 말하면 초창기 국악과의 학문 세계는 운초의 색과 만당의 색이 교직되어 짜여진 체질이라고 해도 과언이 아니다. 그만큼 두 분의 학문은 국악과 학풍의 DNA가 되었던 셈이다.

장사훈 교수와 이혜구 교수의 학문 영역은 서로 달랐다. 이왕직아악부원양성소 4기 출신으로 거문고 전공인 장 교수는 국악 실기와 현장에 밝았고, 영문학도였으며 서양 악기를 다룬 경험이 있는 이 교수는 국악이나 서양악의 음악이론에 밝았다.

또한 운초가 한 우물만 깊이 파고든 전문가적 면모를 띄었다면, 만당은 음악미학이나 음악사 같은 음악의 원론적인 개념이나 통시적인 흐름을 종합적으로 개관하며 음악의 외연을 넓게 본 경향이 짙었다고 하겠다.

운초 선생은 경북 영주의 빈농에서 태어나 서울의 이왕직아악부원양성소를 졸업했다. 졸업 후 잠시 낙향했다가 당시 미군정청 문교부 편수관으로 근무하게 되었는데, 그 후부터 폭넓은 사회생활을 이어가며 왕성하게 국악의 길을 걸어갔다.

60, 70년대만 해도 언론에 자주 등장하는 국악계 인물이라면 으레 학계의 운초 선생과 국악원을 이끌고 있던 관재 성경린 선생이었다. 언론에서 지명도가 높다 보니, 서울대를 정년퇴임하자 청주대학에서는 아예 국악과를 창설하여 운초 선생께 맡겼다. 그리고 운초 선생은 소장했던 모든 자료를 청주대학에 기증했다.

지금도 아련히 떠오르는 화기애애한 풍경이 있다. 당시 만 해도 구정이 되면 제자들이 스승 댁을 찾아가서 세배하는 미풍이 있었다. 우리 동료 제자들도 예외 없이 세배를 다녔다. 특히 운초 선생 댁을 가면 늘 떡국을 끓여냈다. 번거로운 기색 없이 시도 때도 없이 방문하는 제자들에게 늘 떡국상에 부침개와 담근 술을 차려냈다. 진객 대접을 받은 제자들은 붉으레 상기된 얼굴로 좌충우돌 화제를 이어가며 정겨운 시간을 즐겼다. 어느덧 시속은 바뀌어서 다시는 못 볼 옛 이야기들이 되었다.

가난하게 태어나서 열심히 살다보니 미처 건강을 못 챙겼는지 운초 선생은 고희를 조금 넘기고는 작고하셨다. 10주기 때는 청주대학 국악과 주최로 운초의 학문 세계를 조명하는 학술대회를 열었는데, 그때 나는 추모시 한 수를 지어 바쳤다.

멀수록 선명한 그윽한 학덕

노을 속을 울어예는 기러기는
산모퉁이를 돌아가는 나그네는
멀어져 갈수록 아득해진다
모습도 자취도 희미해진다
그러나 여기
세월의 길이는 멀어지는데
또렷해지는 모습이 있다
선명해지는 자취가 있다

산길 들길이 멀어서 고향이 그립듯
지난날이 멀어서 추억이 진하듯
한결 그립고 간절한 존영尊影이 있다
십 년의 시간이 멀어서 또렷해지는
자상한 성음이 있다
그윽한 유음이 있다

질화로 다독여서 불씨 전하던
우리 시대 애옥스런 어머님처럼
황종 대려 우조 계면 날날이 가려
산算을 놓듯 베를 짜듯
나라음악 살려낸
운초云草 선생이 그러하시다

주야장천 악학 연구 화조월석 국악 사랑
아침에 국악 꽃이 피면
저녁에 죽어 가타하실
운초 선생이 그러시다
장사훈 스승님이 그러하시다

이제 아스라이 먼 국악의 지평에선
장려한 응창應唱의 메아리가 밀려온다

십 년의 세월 피안彼岸에는 운초 선생님
세월의 강 이켠에는 소리문화 후학들
책을 열고 유훈을 새기며
정율正律을 맞춰
쾌지나칭칭인 양 종경의 희문熙文인 양
멕이고 받으며 화창을 한다
정중한 율격으로 고인을 기린다
학덕을 기려 겨레음악 다진다.

가곡계의 태두 금하 하규일 선생

2007년 한불 수교 120주년 때였다. 나는 그때 문화부에 돈을 좀 달라고 했다. 문화적인 자긍심이 대단한 파리지앵들의 콧대를 납작하게 해 주고 올 터이니 공연비를 지원해 달라는 주문이었다.

그해 문화부 후원으로 파리 공연을 했다. 연주단은 딱 10명으로 단출하게 꾸몄다. 가곡을 부를 이동규와 이준아에 반주자 6명, 판소리를 부를 안숙선과 고수 김청만이었다. 공연장은 400석 남짓한 기메박물관 극장이었다.

출국이 임박하자 우리 공연을 도와주던 파리 한국문화원에서 소소한 참견이 많았다. 우선 공연에 마이크와 전광판을 쓰자는 것과 초대장을 3배수로 뿌려야 한다는 것이었다. 나는 마이크도 전광판도 안 쓰고 입장료도 받겠다며 공연 관련 내용은 전문가인 내가 알아서 할 테니 문화원에서는 대관 문제만 책임져 달라고 했다.

또한 입장권 문제는 한국의 최고 대가들을 모시고 가는데 무슨 공짜표냐며 매표해 달라고 했다. 결국 당시 모철민 원장과는 묘한 긴장 관계가 형성되기도 했다.

결론은 내 말이 맞았다. 이틀 공연표가 완전 매진되었다. 기메박물관 극장장은 인터미션 시간에 내게 와서 내년에 자기들과 또 하자고 제의하며 좋아했다. 마지막 공연 후엔 우리 돈 2백만 원 상당의 보너스를 안겨 줘서, 그 돈을 나눠 가진 단원들까지 기분좋게 했다. 지금도 국악원이나 당사자들은 당시 현지 신문기사를 보관하고 있을 것이다. 그 콧대 높은 르몽드지가 한복차림의 이준아 가곡창 사진을 엽서 크기만 하게 싣고 전면 기사로 공연 실황을 소개했다.

이처럼 국위 선양의 일등공신 역할을 하는 가곡예술이 국내에서는 느리고 답답하다고 외면받기 일쑤다. 그럼에도 꾸준히 정가의 맥을 이어온 선각자들이 있으니, 그중 대표적 인물이 금하琴下 하규일河圭一이다. 1930년대 후반에 작고한 금하 선생은 한성부윤과 진안군수 등의 관직에도 있었지만, 평생을 오로지 정가 선양에 힘을 쏟았다.

조선정악전습소 학감을 지낸 금하는 전국의 무부기녀無夫妓女들을 규합하여 다동권번茶洞卷番을 조직하고, 가곡, 가사, 시조 같은 정가류 음악을 정성껏 교육시켰다. 또한 이왕직아악부원양성소에서 정가를 가르치기도 했는데, 훗날 명성을 날리던 이병성과 이주환도 그의 문하에서 배출됐다.

앞에서 언급했지만 금하의 여성 제자 중에 김진향이 있다. 백석의 애인으로 널리 알려진 김진향 역시 금하를 존경하며 그분의 예술을 후세에 오롯이 남기고 싶어했다. 지금도 또렷이 기억되는 말이 있다. 자야는 내게 늘 하는 말이 있었다. 죽기 전에 백석을 한국문화사에, 금하를 한국음악사에 또렷이 부각시켜 놓는 것이 마지막 소망이라고 했다.

결국 자야는 소망을 이루고 별세했다. 스승 금하의 생애와 업적은 책자로 정리하여 출간했고, 애인 백석의 문학성과 위상은 국문학계에서 자자하리만큼 관심의 표적이 되었으니, 지성이면 감천이라고 자야의 간곡한 소망은 아름다운 결실로 역사의 한 장에 또렷이 각인된 셈이다.

그 소리 씨줄 되어

소리가 있었지 먼 먼 태고에
백두대간 줄기줄기 동해창랑 굽이굽이
윙윙 싱싱 불어예는 청솔 소리 있었지
철석철석 솟구치는 물결 소리 있었지
그 소리 가락 되어 배달노래 되었네
그 울림 절주 되어 겨레운율 되었네

하규일 금하 선생 그 곡조 다듬어서
하규일 금하 선생 그 가맥 보듬어서
자손만대 전해 주니 눈물겨워라
장하여라
고와라
아름다워라

노래 있었지 먼 먼 예부터

단군개국 고려 조선 민족사의 여울마다

기쁨에 너울너울 흥의 노래 있었지

슬픔에 울먹울먹 한의 노래 있었지

그 노래 핏줄 되어 겨레 정서 빚었네

그 소리 혼줄 되어 민족의 얼 빚었네

하규일 금하 선생 그 정서 추슬러서

하규일 금하 선생 그 예혼 굳게 지켜

천년 전통 이어내니 눈물겨워라

장하여라

고와라

아름다워라.

거문고의 속멋 한갑득 명인

내가 만난 한갑득韓甲得 명인의 인상은 우선 말수가 적다는 점이었다. 자상함과 성실함이 배인 표정인데, 말을 많이 하지 않았다. 그래서 정중한 군자의 품도가 느껴지기도 했다. 평생을 거문고와 벗하며 살다 보니 영락없이 거문고의 풍격風格에 동화되어서 그렇지 않았을까 한다.

조선조 때만 해도 거문고를 두고 백악지장百樂之丈이라고 했다. 여러 악기 중에서 단연 으뜸이라는 뜻이다. 웬만한 선비 방에는 거문고 하나쯤 걸려 있기 마련이었다. 유교사회의 유교적 군사풍과 거문고 음악은 서로 안성맞춤이기 때문이었을 것이다.

흔히 거문고를 남성적이라고 하고 가야고를 여성적이

라고도 한다. 일리가 있는 비유다. 투박하고 둔탁한 음질의 거문고는 남성성에 비견될 수 있고, 맑고 낭랑한 음색의 가야고는 여성성을 연상하기 십상인 것도 사실이다. 그러다 보니 남녀유별이 분명하던 조선시대만 해도 남자들은 거의 거문고를 했고, 가야고는 대개 여성들의 몫이었다.

또한 거문고로는 아정한 정악 계통의 음악만 연주했지 민요 같은 잡박한 음악들엔 눈길도 주지 않았다.

이 같은 시대 정황을 짐작할 수 있는 좋은 예로 오불탄五不彈의 내용만 살펴봐도 수긍이 갈 것이다.

오불탄이란 거문고를 함부로 연주하지 않는 다섯 가지 조건이 곧 그것이다. 오불탄의 첫째는 질풍심우疾風甚雨, 즉 비바람이 심할 때고, 둘째는 대속자對俗子, 즉 교양 없는 속된 사람 앞에서는 타지 않고, 셋째는 불의관不衣冠, 즉 의관을 단정히 차려입지 않고는 연주를 하지 않으며, 넷째는 전시廛市, 곧 시장바닥처럼 시끄러운 장소에서 탄주하지 않으며, 다섯째는 부좌不坐, 즉 연주 자리가 마땅찮으면 거문고를 타지 않는다는 것이었다.

은둔자처럼 살았기 때문에 국악계에선 거의 아는 사람이 없지만, 거문고의 대가 중에는 임석윤林錫潤이라는 분이 있었다. 내가 TBC PD로 있을 때 그를 모셔다 가곡 반주 음악을 전바탕 녹음한 적이 있는데, 그는 절대로 거문고로 산조 음악을 연주하지 않는다고 했다. 요즘도 그렇지만 당시에도 대중이 좋아하는 산조 음악을 타는 것이 대세였는데, 그는 그 같은 추세에 휩쓸리지 않고 오직 거문고 정악만을 고집했다. 거문고 음악의 진수와 품격을 지켜낸 마지막 인물이라고 하겠다.

거문고 음악을 얘기하다 보니 새삼 떠오르는 일화가 있다. TBC에 근무할 때 나는 호암 이병철 선생의 개인 심부름을 자주 하게 되었다. 호암 선생은 예상을 초월하는 국악 애호가였다. 그러니 국악을 전공한 나는 수시로 그분의 심부름을 하게 된 것이다.

한번은 백낙준의 거문고 산조를 구해 달라는 하명이었다. 그 이전에 정남희의 가야고 산조를 구해 오라는 지시를 했을 때도 정남희가 누구인지 몰라서 쩔쩔매고 나온 적이 있는데, 정남희는 월북 예술인으로 금기의 대상이어서 당시에 아는 이가 드물었다.

이번에는 이름만 들어본 듯한 백낙준의 거문고 산조를 주문하니 적지아니 당혹스럽기는 매한가지였다. 결국 여기저기 수소문한 끝에 당시 신촌 지역에 살고 있던 이보형 선생으로부터 산조 음악을 구할 수 있었다. 이보형 선생을 알게 되고 인연을 맺게 된 것도 바로 이 같은 계기 때문이었다.

거문고 얘기가 길어졌지만, 아무튼 한갑득 명인과 글로 인연이 이어지게 된 것은 그분의 별세 20주기를 맞아 제자들이 추모시를 부탁해 왔기 때문이었다.

금삼척에 새겨간 군자의 표상

요설饒舌도 교언巧言도 없어
흐드러진 교태도 응석도 싫어
세월을 역사를 배냇고집 그대로
천길 물속의 속뜻이나 퉁명스레
태산준령 육중한 침묵이나 멋쩍게
슬기둥 싸랭 퉁겨내는 거문고 그대
참으로 그대, 수천 년의
영묘한 묘음妙音이여 겨레의 심성이여

거문고 대현大絃이 지축 울리고
마초아 우의선동羽衣仙童 유현遊絃에 노니
건곤의 극해克諧인저 천뢰天籟 지뢰地籟 분명쿠나
문현 무현 조화 빚어 무성無聲이 지악至樂일제
괘상棵上 괘하 두 청성은 삼청三淸으로 가라 하네
아서라 세상 번뇌 구름 밖 일이로고
뉘라서 여섯 줄 오동판의 비오秘奧를 선각턴고

왕산악의 거문고 검은 학을 부려 보듯

역사의 강물 민족사의 회오리 지점

삼척三尺 거문고로 민중의 애환 위무하고

여섯 줄 득음으로 육합六合 섭리 터득터니

한평생 소이부답笑而不答 온후일관 섭세涉世타가

현금玄琴 가락 보허성에 우화등선 타계시라

일청一靑 선생 한갑득韓甲得 스승,

후학들은 그를 일러

천하명금 큰 사부師傅라 길이 추모 기리누나

성어악成於樂의 지예至藝로고 천추에 기리리라.

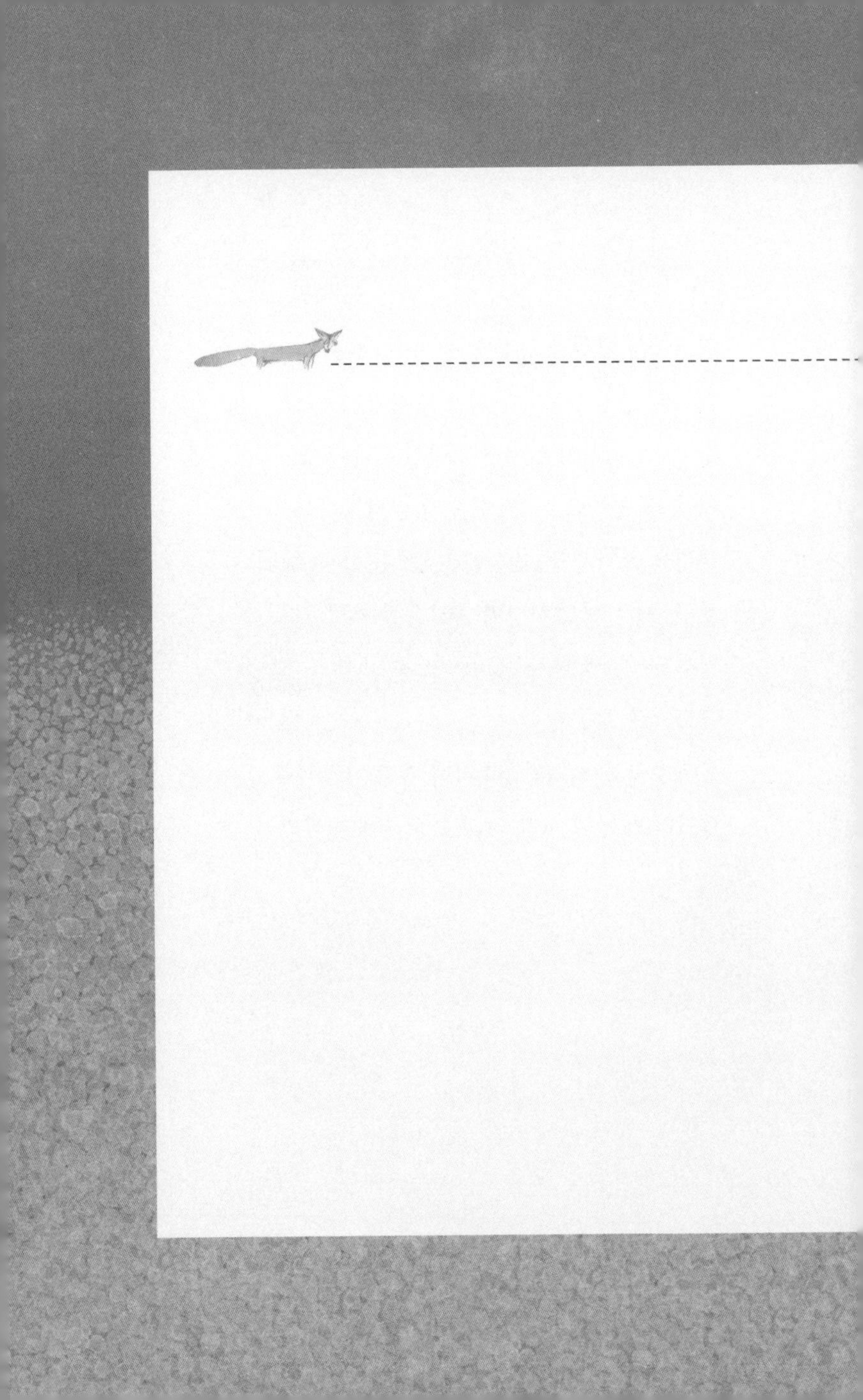

제2부

남산 국악당 건립 축창祝唱 가사

국립남도국악원 상량 축원문

국립국악고등학교 개교 50주년 축시

판소리 세계문화유산 지정 축시

86아시안게임 개막 축전 합창 가사

국악방송 개국기념 축시

충주 국악방송 개국 송축문

서울음대 국악과 창설 30주년 축시

몽골의 성소에서 올린 천신제 축문

임진각 평화 메시지 선포식 축원문

경기도립국악단 창단 축시

남산 국악당 건립 축창祝唱 가사

"진국명산鎭國名山 만장봉萬丈峰이요 청천삭출靑天削出 금부용金芙蓉이라. 거벽巨壁은 흘립屹立하여 북주北主는 삼각三角이요. 기암奇巖은 두기枓起 남안南案 잠두蠶頭로다. 좌룡낙산左龍駱山 우호인왕右虎仁旺 서색瑞色은 반공蟠空 응상궐凝象闕이요 숙기淑氣는 종영鍾英 출인걸出人傑이라…."

단가 '진국명산' 가사의 서두 부분인데, 여기 진국명산이란 나라를 굳건하게 진정鎭靜, 즉 안정시킬 수 있는 명산이란 뜻이다. '만장봉'이란 산봉우리가 만 장丈이나 치솟아 있다는 뜻이고 '청천삭출'은 푸른 하늘에 깎아지른 듯 솟아 있다는 의미이며 '금부용'은 그 모양새가 마치 금빛 연꽃 같다는 비유다.

'거벽'은 글자 그대로 큰 바위이고 '흘립'은 올립兀立과 마찬가지로 우뚝 솟았다는 말이다. '북주'는 북쪽의 주산主山이라는 의미인데 풍수지리에서는 북쪽으로 큰 산이 지주처럼 우뚝 솟아 받쳐 주고 있고, 앞쪽으로는 안산案山이라고 해서 책상만 한 작은 산이 가려주고 있어야 명당이라고 한다.

따라서 명당 길지인 한양 고을은 북쪽에 삼각산이 주산으로 자리하고 전면으로는 누에머리 모양, 즉 잠두와 같은 남산이 안산案山 역할을 한다는 뜻이다. 또한 왼쪽으로 용의 형상을 하고 바른쪽으로 호랑이 상을 한 산맥이 양팔처럼 품어 안고 있어야 명당인데, 서울의 경우 낙산과 인왕산이 그 역할을 한다는 것이다.

이처럼 명당 여건을 갖춘 지형이니 자연히 상서로운 서기가 모여 대궐에까지 서려 있고 숱한 인걸들이 절로 속출한다는 내용이다. 특히 남산을 안산이라는 말 외에 잠두나 목멱木覓이라고도 하는데, 하늘에서 내려다보면 남산의 모양이 마치 누에머리 같다고 해서 붙여진 이름이다.

다음 글은 서울시로부터 남산 한옥마을에 남산 국악당 건립 축창 가사를 위촉받고 쓴 글인데, 앞서 설명한 수도 서울의 풍수적 얼개를 알고 있어야 가사 내용의 이해가 쉽다.

목멱木覓에 깃을 내린 예악의 보금자리

진국명산鎭國名山 만장봉이 부용芙蓉처럼 솟아 있고
청계淸溪 한강漢江 굽이굽이 영겁세월 흐르는 곳
그 얼 품에 목멱木覓 있어 북주北主 남안南案 빚어내니
금성탕지金城湯池 한양 고도古都 뭇 별 중의 세성歲星이요
산자수려山紫水麗 수도 서울 지구촌의 중심이라

삼각산三角山의 정기 받아 수림樹林은 울울鬱鬱하고
아리수의 서기瑞氣 받아 화기和氣 매양每樣 애애하니
고요 독좌獨坐 남산목멱 문기文氣의 요람일세
낙낙청송落落靑松 선비유풍 골골마다 서려 있고
문물빈빈文物彬彬 백의문화 훈풍 속에 배어나니
국운國運은 욱일旭日하고 시운時運이 창성昌盛이라
장하도다 목멱의 역사 남산의 내력이여

어화세상 벗님네들 남산골 경사 들어보소

오색채운五色彩雲 동녘 햇살 천하길지天下吉地 명당터에

목멱영기木覓靈氣 시민 염원 실이 되고 북이 되어

배달역사 새로 짜갈 예악禮樂 베틀 세우나니

만백성 신명 일궈 문화 국력 배양해 갈

풍류본당風流本堂 세우나니

정초定礎 놓아 새기나니

지화자 우줄우줄 산천초목 춤을 추고

일월이 광휘光輝한데 기린 봉황 모여든다

지구촌 어사와 예악풍류禮樂風流 돛 달아라

사해천지四海天地 저어나갈 아리수에 배 띄워라.

국립남도국악원 상량 축원문

1990년대 말엽 국립국악원장으로 봉직할 때였다. 당시 관행으로는 한 달에 한 번 문화부장관 주재로 산하 기관장 회의가 있었다. 그 회의 때마다 내가 되풀이해서 강조한 주장이 있다.

한국의 전통문화는 두 개의 기둥이 떠받치고 있다. 하나는 눈에 보이는 유형문화재이고, 다른 하나는 눈에 보이지 않는 무형문화재다. 유형문화재를 총괄하는 기관은 국립박물관이고, 무형문화재를 지켜가는 기관은 국립국악원이다. 그런데 국립박물관은 경주, 진주, 전주 등 전국에 아홉 군데나 되는데, 국립국악원은 서울과 남원 두 곳밖에 없다. 너무 균형이 맞지 않는 국가정책이다.

물론 눈에 띄지 않는 것보다는 눈에 띄는 대상에 더 관심이 가게 되는 것은 인지상정이다. 가령 남대문에 물이라도 새게 되면 언론에서부터 온 나라가 법석을 떨겠지만, 무형문화재의 기능보유자가 작고한다면 우선 언론에서부터 소외되거나 지면 한 귀퉁이에 몇 줄 기사로 처리되기 일쑤다.

나의 주장은 민심은 비록 그러하더라도 정부정책은 그래서는 안 된다는 것이었다. 정부정책은 시속에 따라 부화뇌동할 것이 아니라 나름의 문화적 신념과 철학이 있어야 한다는 견해였다.

내가 예술원 부회장으로 일을 볼 때였다. 당시 박근혜 정부의 문화부장관으로 부임한 김종덕 장관이 부임 인사차 예술원을 방문했다. 예술원은 문화예술계 원로들을 예우하는 국가기관이기 때문에 문화부장관으로 임명받으면 으레 첫 예방 기관으로 예술원을 찾는다. 당시 우리는 유종호 예술원 회장 방에서 차를 마시며, 나는 신임 장관에게 이런 말을 했다.

"역대 문화부장관들은 재임 기간에 눈에 띄는 치적 하나 남기기에 급급했습니다. 그러다 보니 일이관지하는 문화 시책은 실종되고, 장관 재임기관과 수명을 같이 하는 임시 방편의 미봉책들만 즐비했지요. 김 장관님은 대학교수 출신이시니 그 같은 폐단을 일신시켜 주시면 좋겠습니다. 한마디로 김 장관 재임기간에는 아무 실적도 없는 것 같았는데 십 년 이십 년 지나고 나니, 아 그래 맞다, 그때 김모 장관이 기틀을 닦아 줬기 때문에 가능한 일이었어! 훗날 문화계로부터 이런 평을 듣는 장관이 됐으면 좋겠습니다."

그러면서 이런 당부도 곁들였다. 사회시설에도 인프라가 있듯 추상적인 문화에도 인프라가 있다. 지금까지의 문화정책은 생색 안 나는 인프라 구축에는 관심이 없었다. 척박한 토양에 꽃나무만 심는 격이었다. 그러니 장관께서는 부디 잡다한 목전의 현실에 매몰되지 말고, 멀리 봐야만 눈에 띄고 깊이 봐야만 착안되는 정책을 펼쳐 주면 좋겠다고.

다시 국악원 이야기로 돌아가면, 아무튼 서울과 남원에 이어 진도에도 국립국악원이 설립되게 되었다. 2002년

임오년 섣달에 상량식을 가졌고, 내가 상량 축원문을 지어 행사를 치렀는데, 그 축원문은 현지의 박인혁 서예가가 정서하여 지금도 액자로 남도국악원에 소장되어 있다.

알 만한 이들만 아는 숨은 얘기지만, 남도국악원 건립 예정지는 원래 전라남도 중심도시인 광주였다. 공연예술 기관의 속성으로 보나 밀집한 인구의 수효로 보나 남도국악원은 당연히 광주시에 세우는 것이 순리였다.

그런데 문화기관 설립에도 정치 입김이 작용했다. 당시 DJ 정권의 소위 실세라는 박지원 장관이 문화부를 맡고 있을 때였다. 권세가 컸던 박 장관이 광주 예정지를 자기 고향인 진도로 바꿔 버린 것이다.

각 국가기관의 고유기능이나 능률은 생각지도 않은 채, 다만 개인의 정치적 소신이나 정서에 따라 국가기관들을 전국 각지로 소개시킨 노무현 정권의 독단적 행정도 혹시 박 장관의 이 같은 전단專斷에서 암시를 받지 않았을까 하는 엉뚱한 생각도 떠올려보게 되는 사례였다.

보배의 섬 진도의 산수

아득한 태극太極의 시절 백두대간白頭大幹의 정기精氣와
남해창랑南海滄浪의 서기瑞氣가 보배의 섬 진도珍島의
산수山水를 빚었도다
천년을 넘어 만년을 흐르는 유구한 배달의 역사는
다시 시時와 운運을 따르고 율律과 려呂를 쫓아서
여기 보배의 섬 여귀산女貴山 자락에 민족음악의 둥지
국립남도국악원國立南道國樂院을 열었도다
북두北斗를 들보로 하고 육합六合을 마룻대로 하여
일월日月이 광휘光輝한 오늘
겨레의 염원念願을 모아 상량上樑을 하노니,
미상불 건신곤령乾神坤靈의 음덕陰德으로
국운國運이 융성하고 팔음극해八音克諧의 예악禮樂이 중흥하며
봉황래무鳳凰來舞의 태평성대가 도래할 것을
전통음악계 모두의 정성으로 믿어 축원하옵나이다.

훗날 국립남도국악원은 개원 10주년을 계기로 내게 축시를 부탁해 왔다. 다음의 졸시로 화답했다.

하늘땅이 화창和唱을 한다

남해바다 푸른 물에 점점이 섬을 심다
첨찰尖察 여귀女貴 별러 세워 천의무봉 빚어내니
조화옹도 회심의 미소 짓던 천하길지 보배의 섬

무심히 구름 따라 그곳엘 가면
바람은 붓이 되어 만고풍광 그려내고
소리는 가락 되어 구중심금 울려내니
예부터 진도 일러 시서화의 요람이요
역사는 그곳 일러 별유천지 예향이라!

마초아

십 년을 경영하여 예악전탑禮樂塼塔 쌓아가듯

보아라, 여귀산 남록南麓자락 국립남도국악원

가악 십 년 무도 십 년 율려律呂 한 필 짜아내니

오색서기는 첩찰산 기둥 삼아 무지개로 차일치고

진도아리랑 흥 물결에 천년 해룡이 춤을 춘다

보배의 섬 진도가 빛을 낸다

하늘땅이 화창和唱을 한다.

국립국악고등학교 개교 50주년 축시

★

1950년대만 해도 예술에 대한 사회 인식은 상상을 초월했다. 그림 하는 사람은 무조건 환쟁이라 했고, 음악 하는 사람은 거두절미 딴따라라고 했다. 그러니 혹여 자녀들이 예능 쪽에 뜻을 두었다면, 그는 버린 자식 취급하기 일쑤였다.

60년대로 접어들자 세상 안목은 조금씩 달라지기 시작했다. 이때부터 본격적으로 밀려들기 시작한 서구 문화의 여파였다. 제도권 교육에 정상적인 예능교육이 갖춰져 갔다. 당시에는 어느 분야건 간에 우리가 무조건 수용하고 따르고 금과옥조로 떠받들던 대상은 예외 없이 서양문화였다. 당연히 전통문화는 반비례해서 폄하되고 배척되기 마련이었다.

이런 시대 흐름 속에서도 꾸준히 명맥을 이어온 국악 교육기관이 있었다. 오늘의 국립국악중고등학교가 그것이다. 국악중고등학교는 원래 국립국악원 부설 교육기관이었다. 조선시대에는 국립국악원 명칭을 '장악원'이라 했고, 일제강점기에는 '이왕직아악부'라 했으며, 그 산하에 '이왕직아악부원양성소'가 있었다. 바로 국립국악중고교의 전신이다.

국립국악원과 그 교육기관의 역사는 유구하기 짝이 없다. 그 내력을 알고 나면 누구나 놀라움을 금치 못한다. 무슨 배경에서인지는 알 수 없으나, 이미 신라시대에 음악을 관장하는 국가기관이 있었다. 진덕여왕 5년 서기 651년에 창설된 '음성서音聲署'가 곧 그것이다. 참으로 자랑할 만한 유장한 역사가 아닐 수 없다.

국립국악원장으로 재직할 당시였다. 나는 공연 프로그램과 웬만한 유인물에는 늘 이 점을 강조하며 '천삼백여년 역사의 국악원에는 고향집 같은 그리움이 있습니다'라는 문구를 넣기도 했다.

한번은 영국 더 타임스 기자가 취재하러 왔었다. 항상

그래왔듯이 그에게도 한국 전통음악의 남다른 특징과 함께 바로 이 점을 상기시켜 줬다.

그 기자는 돌아가서 일요판 신문을 크게 할애하여 국악원 기사를 실었는데, 큼직한 활자의 제목은 'The oldest conservatory in the world'였다.

이처럼 국립국악원과 그 국가교육기관의 역사는 장구하기 짝이 없다.

그대는 나라의 긍지 누리의 소망

율려律呂의 강이 흐른다
태극의 여명 마고성麻姑城을 떠나
겨레의 시원 율려의 물결
천산天山을 휘감아 흥안령興安嶺 넘고
백두를 치달아 태백의 줄기로
대양을 흐른다 억겁을 흐른다

역사의 실타래 민족의 혈통이여
아리리 고갯길로 소리의 강물
서러워 고달파 숨차 흐를 때
역사의 굽이마다 곤두서 넘칠 때
의인처럼 당당히 도인처럼 고고히 그대
강안江岸의 솟대 되어 배달 소리 지켰어라
몽매한 세상 깨워 예지의 종 울렸어라
횃불을 올렸어라 파루罷漏를 울렸어라

비원 앞의 탯자리, 남산에서 포이동
은백의 창업세대 홍안의 후학까지
종경 울려 외길 밝힌 오십 년 세월
사죽 입혀 심금 울린 반세기 전설
그대는 동이혼東夷魂의 씨알이어라
그대는 겨레 음악의 화신化身일러라
소리 영재 요람 이룬 국립국악고
그대는 나라의 긍지 누리의 소망
그 명성 천추에 푸르러라 영원을 흘러라
푸르러라 율려의 강물처럼
영원을 흘러라.

판소리 세계문화유산 지정 축시

거듭 생각을 해 봐도 정말 진기한 노래다. 우선 성음 자체도 거칠고 투박하다. 고운 목청으로 말끔하게 다듬어서 소리를 내려는 것이 인지상정이요 고금의 관례인데, 이는 어깃장이라도 놓으려는 듯 짐짓 생긴 목청 그대로 소리를 질러 낸다.

세상 이치 또한 묘해서 생긴 목청 그대로 질러 내는 소리가 오히려 만인의 가슴을 자유자재로 휘어잡는다. 어디 그뿐이던가. 능청스레 소리를 하다가도 입담 재담으로 좌중을 크게 웃겨 가며 소리판의 열기를 제멋대로 주물러 가는 품새는 또 어떤가. 이건 요술꾼도 아닌 터수에 이야기 속에 등장하는 인물들의 흉내까지 혼자서 다 해낸다.

이는 지구상에서 가장 진귀한 소리 음악 중의 하나가

아닐 수 없다. 세상의 소중한 문화유산을 선별하여 인류 문화유산으로 지정하는 유네스코에서 가만히 있을 리 없다. 당연히 판소리를 세계무형문화재로 등재시켰다. 한국 유네스코에서는 이를 계기로 국립국악원 예악당에서 자축 공연을 가졌고, 이때 위촉시인 나의 '인류의 보배 판소리 그대'도 낭송되었다.

분명 판소리는 여러 가지 음악 중 하나로만 치부하기엔 함축된 의미망이 너무 넓고 깊다. 다양한 음악적 감성은 물론이려니와 그 이상의 역사적 · 지역적 · 풍속적 특수성도 종횡으로 얽히고 설켜 있다.

한마디로 판소리는 호남의 문화가 배태시킨 한국 음악의 백미이자 노른자위다. 호남만이 배태시킬 수 있는 호남의 언어적 토리와 민초들의 정서, 그리고 유연한 곡선미의 섬진강 물줄기와 웅혼한 지리산의 정기가 날줄이 되고 씨줄이 되어 짜낸 천의무봉의 아름다운 비단 한 필이 곧 판소리 음악이다.

인류의 보배 판소리 그대

만경벌 두레살이 걸쭉한 육담肉談
남도길 굽이굽이 서린 정한들
세월의 체로 쳐서 삭히고 거르더니
겨레의 숨결 동방의 가락 판소리 그대
사해에 울리누나, 지구촌의 갈채 속에

지리산 솔바람의 웅혼한 울림
아낙네 육자배기 애잔한 여운
섬진강 나룻배로 얼기설기 나르더니
진양조에 휘몰이라 백의白衣의 예혼藝魂
만방에 떨치누나, 삶의 한자락 북채에 메워

백두에 올라 구궁궁 합장단 치고

한라에 올라 얼씨구 추임새 좋다

순해서 쉽고 착해서 미더운

공인된 인류의 보배 판소리 그대

울려라 아시아의 벌판 태평양 너머

코리아의 소리 물결 누리에 가득토록

울려라 퍼져가라, 하늘별 저편까지.

86아시안게임 개막 축전 합창 가사

★

88서울올림픽을 앞두고 치러진 86아시안게임은 그 비중과 의미가 남달랐다. 무엇보다도 국가 대사인 올림픽 행사를 앞두고 사전 예행 연습을 하는 성격이 짙었기 때문이다. 나는 그 행사의 문화 관련 자문위원으로 활동했고, 서울 세종문화회관에서 치러진 개막 축전 공연을 직접 기획하고 대본까지 써서 아시안게임 개막의 팡파르를 울렸다.

그때 개막 축전의 주제이자 표제는 '빛은 동방으로부터'였다. 지구촌 인류의 평화와 번영과 행복은 해 뜨는 동방 고요한 아침의 나라 대한민국으로부터 발원하여 전 세계로 퍼져 나간다는 콘셉트였다. 이 같은 개념 설정은 우연히 떠오른 발상이 아니었다. 내 나름으로 시대 상황을 진단하며 파악한 세계관의 한 단면이었다.

80년대 전반은 한마디로 내가 누구인지를 자각하며 자신의 정체성을 긍정적으로 용인하던 시절이다. 알다시피 60년대와 70년대 전반만 해도 나는 없었고 남만 있었다. 나는 못났고 남은 잘났으며, 내 것은 열등했고 남의 것은 금과옥조였다. 본말이 바뀌고 주객이 전도되어도 이만저만이 아니었다. 여기서 남이란 물론 서양 문물이고, 나란 천덕꾸러기 취급받던 우리 전통문화였다.

이 같은 시대 조류는 70년대 후반부터 서서히 제자리를 찾아가기 시작해 80년대 들어서야 어렵사리 주인이 다시 안방 차지를 하기 시작했다. 화려한 무지개를 쫓아서 열심히 달려봤지만, 결국 남는 것은 헛바람이 가득한 가슴속의 텅 빈 동공이었음을 자각한 것이다. 결국 다시 뿌리로 돌아가야 함을 깨우친 것이다. 온고溫故 없이 지신知新할 수 없음을 뒤늦게나마 터득한 것이다. 한때 박동진 명창의 광고 문구인 '우리 것이 좋은 거시여'가 널리 회자되며 유행어가 된 사실은 이 같은 당시 시대 상황을 단적으로 반영해 준 것이다.

아무튼 나는 전통문화의 좋은 덕목과 서구 문화의 장점을 변증법적으로 잘 접목하면 미래의 인류사회가 공감할 새로운 이데올로기를 창출해 낼 수 있다고 믿고 있었다.

예를 들면 널리 만인을 두루 이롭게 한다는 고대 홍익인간 사상은 온갖 차별과 분열로 신음하는 세계 시민에게 박애의 훈풍을 불어넣을 수 있고, 오상고절의 선비정신과 물질만능의 자본주의 물결이 만나면 기왕에 없었던 이상적인 시대 사조가 잉태될 수 있다고 확신했다.

과연 이쯤 되고 보면 지구촌 인류를 구원할 희망의 빛은 멀리 '동방의 등불', 햇살 고운 금수강산에서 솟아오른다는 착상이 공연한 망상이 아니었음은 자명하지 않겠는가?

이 같은 주제의식을 담아 지은 글이 다음의 합창곡 가사인데, 작곡은 당시 서울시립대 교수였던 최동선이 했다.

조국의 빛과 영광

천둥 울고 번개 치고 비바람 불어
하늘 기운 땅기운이 개벽 이루니
찬란한 광채는 동녘에서 솟도다
오색빛 서광은 동방에서 일도다

불함 백두 솟는 햇살 풍광 이루고
사시절기 하늘 은총 낙토 이루니
예부터 백의 이웃 이곳에 모여
배달 역사 일궈오기 그 얼마런고

정읍사 단장애에 왕산악의 탄금 소리
연등불 천년사찰 청잣빛 고려 하늘
구중궁궐 화락和樂하던 장중한 합악가락
수천 년 흘러내린 율동과 색채들이
씨줄 되고 날줄 되어 엮어 온 문화
군자의 나라 단군의 내력들이
그 아니던가 이 아니런가

광풍에 낙화 지듯 한때 우리는
금수강산 산허리에 핏멍울 드는
겨레의 아픔 시련의 고통에
산도 울고 내도 울고
해도 달도 오열하던
한 시절이 있었노라
한 시절이 있었노라

그러나 이제 우리는 오늘 우리는
불사의 투혼 불굴의 기백
생활의 슬기 인고의 지혜로
한숨과 시름을 실어내고 한강의 기적을 이뤘에라
아픈 상처 씻어내고 민족의 웅비를 이뤘에라
마음의 녹 벗겨내고 문화의 빛 높였에라
검은 구름 걷어내고 태양빛을 밝혔에라
천추의 한 풀어내고 겨레 영광 찾았에라

동이정신 홍익인간 조국 얼을 심었에라
푸른 창공 비상하는 민족 기상 심었에라

동령에 달이 돋고
동해에 해가 솟듯
빛은 다시 동방에서
빛은 다시 동방에서
고요한 아침의 나라
동방의 등불 밝혔에라
번영의 등불 밝혔에라
평화의 등불 밝혔에라
아시아의 번영, 동방의 등불이여
인류 평화의 요람, 서울의 영광이여
서울의 번영, 서울의 영광
민족의 번영, 민족의 영광

국악방송 개국기념 축시

세상살이 인연 아닌 게 없을 성싶다. 국악방송 설립만 해도 그렇다. 방송채널 하나 허가받기가 하늘의 별따기보다도 어렵다는 세상에, 어찌어찌 그 일을 해냈으니 인연 말고는 설명할 길이 없다.

1998년 국립국악원장 재직 시절이었다. 어느 날 송혜진 학예연구사가 원장방에 찾아왔다. KBS TV 국악 담당 이상흡 PD의 생각이라면서 국악원에 방송국 하나 만들면 좋지 않겠느냐고 했다.

나는 일언지하에 그의 제안을 일축했다. 사회생활 첫 직장으로 TBC에서 10년 가까이 PD로 일하면서 방송국 설립이 얼마나 지난한 일인지를 잘 알고 있었기 때문이다.

하지만 묘한 일이었다. 단호하게 일축했던 그 일이 그 후 늘 머릿속에서 맴돌았다. 이런저런 엉뚱한 일들로 주위로부터 돈키호테라는 호칭도 들어본 처지가 아니던가. 결국 안 될 때 안 되더라도 일단 부닥쳐 보리라 결심했다.

국악방송을 개설하려면 우선 주무부처인 문화부에서 설립허가를 받아야 하고, 정보통신부에서 주파수를 따내야 했다. 어느 것 하나 쉬운 일이 아니었다. 도처가 절벽이고 난관이었다.

바로 이 지점들에서 나는 인연이란 말을 떠올리지 않을 수 없다. 고비고비마다 좋은 인연들이 매듭을 풀어 줬기 때문이다. 문화부만 해도 그랬다. 어렵사리 운을 떼면 대개 무슨 잠꼬대 같은 소리냐는 눈치들이었다. 그런데 매사 합리적인 판단으로 직원들의 신망이 높았던 오지철 국장만은 달랐다. 몇 번의 설명을 들은 후 흔쾌히 나의 제안을 받아들였다. 이렇게 주무국장의 협조로 문화부 설립허가의 관문을 넘을 수 있었다.

다음은 거의 불가능에 가까운 정보통신부의 주파수 확보였다. 해당 부서에서는 아예 AM이건 FM이건 남은 주파수가 없다고 했다. 이때 ROTC 2기 동기생인 연세대 이공대 박한식 교수가 은밀하게 천기누설을 해 줬다. 당시 박교수는 정통부 자문위원이었다. 관리들 말대로 남는 주파수가 없는데 서울 수도권 지역을 커버할 수 있는 FM 주파수대가 딱 하나 있다는 것이었다. 지금 국악방송이 쓰고 있는 99.1메가헤르츠가 곧 그것이었다.

이것을 확보하기 위해 정통부 주무과장을 백방으로 노력하여 어렵사리 만났다. 끝까지 주파수가 없다며 완강히 거절했다. 한참 시간이 흐르고 주무과장이 바뀌었다. 당시 학예실 박일훈 실장과 송혜진 학예사와 함께 인사동 두레집에서 신임 과장을 만났다.

이 지점에서도 역시 인연을 떠올리지 않을 수 없다. 신임과장은 급기야 방송 설립에 공감했다. 자신이 런던 특파원으로 있을 때 오페라나 음악회를 자주 가보았는데, 앞으로 한국이 세계에 내놓을 것은 결국 전통예술밖에 없지 않느냐면서 국악을 널리 선양해야 한다고 오히려 힘주어 역설했다. 그가 곧 차양신 주무과장이었고, 그 덕에 국악방송은 우여곡절을 넘으며 인허가 절차를 마쳤고, 후임

윤미용 원장이 어려운 예산을 확보해 주어 2003년 감격스런 개국의 고고성이 전파를 타게 되었다.

인연 얘기를 자주하는데, 참 묘한 일이 아닐 수 없다. 이 글을 쓸 무렵 덕소 서원을 방문한 지인 고은선 박사와 저녁을 함께하며 두서없는 얘기들을 나눴다. 그때 나는, 이제 나이가 드니 최희준의 노래 '인생은 나그네길…' 같은 유행가가 좋아진다며, TBC PD 시절 만났던 여러 가수 얘기를 화제로 올렸다. 나는 가수 중에서 특히 현미와 최희준을 좋아했다며, 그분들의 속 깊은 처신과 일화들을 회상했다. 특히 최희준의 그 따듯한 말 한마디가 얼마나 고마웠던지 지금도 잊지 않고 있다고 했다.

그가 국회의원이 되어 문공위원으로 있을 때다. 국악방송 설립으로 노심초사하던 나는 국악원 공연단과 함께 해외 공연차 공항 가는 차 속에서도 문공위의 몇몇 인연 있는 의원들, 예를 들면 학군 동기였던 한나라당 간사 이경재 의원과 중앙매스컴센터 동료였던 민주당 간사 이협 의원 등에게 방송 설립 협조 전화를 했다. 물론 가수로서 내가 당시 봉직했던 음악부 사무실에 들르곤 했던 최희준의원에게도 당부를 했다. 그때 최 의원이 내게 답변한 그 인자하고도 자상한 말 한마디가 지금도 귀에 선하다.

"원장님, 걱정 마시고 공연 잘 다녀오세요. 힘껏 노력해 보겠습니다."

지인과 최희준의 얘기를 나눈 것은 8월 23일 목요일 저녁 식사 자리였다. 바로 이튿날 조간신문을 보니 최희준의 부음기사가 실렸다. '인생은 벌거숭이 강물이 흘러가듯 소리없이 흘러서 간다.' 하숙생의 최희준은 그렇게 흘러서 갔다, 국악방송 설립에 각별한 정을 주고서!

장하도다 그대 민족의 국악방송

태허의 운무 속에 소리가 있었나니
태초의 마고성麻姑城에
우주의 시원, 율려律呂가 있었나니
그 소리 그 율려
물결치고 용트림쳐
해 뜨는 동쪽 아침의 나라
백두대간이 솟았어라
홍익인간 어진 백성
백의겨레 빛었어라

하늘은 안다 은하銀河가 안다
아득할손 그 소리 단군의 핏줄
그윽할손 그 가락 민족의 정취
슬기둥 캥매캥 떳 뚜루루
인 배긴 그 장단 그 토리가
민족혼을 지켜내던 이 땅의 숨결임을

청사靑史에 길이 흐를 배달의 정신임을
하늘은 안다 은하는 안다
바람도 강물도 환하게 안다

세찬 서풍西風이 문젤러냐
모진 편견이 대술러냐
말까지 빼앗겼던 잔인한 시절
주객이 뒤바뀐 서글픈 풍토
허기진 보릿고개 전쟁의 폐허에도
가야고 열두 줄은 늘상 그렇게 속삭였다

쌍골죽 청공淸孔소리 늘상 그토록 여울졌다
차마 못내 오열하듯 환희하듯
민족의 심금心琴만은 그렇게 늘상
고이 울려 속삭였다
어루만져 적셔왔다.

이제, 얼 나간 소리일랑 가라

곱살한 체 분칠한 소리들은 가라

질박한 성음바탕 다져온 들녘 위로

서기瑞氣가 이나니 동이 트나니

겨레의 희원希願 영겁으로 이어내린

소리샘이 솟나니 성화聖火가 오르나니

통쾌하다 그대 시대의 소명

장하도다 그대 민족의 국악방송

준령峻嶺을 넘어 창공을 날아

민족 고래古來의 가치와 이상

문화의 자존 겨레의 자긍

만방에 떨쳐라 역사의 이름으로

누리에 펼쳐라 나라의 이름으로

진고晉鼓 울려 닻 올려라

명금일하鳴金一下 박판을 쳐

상전벽해 천지개벽의

빗장을 풀라 수문을 열라

강구연월康衢煙月 국태민안 새 시대가 오노매라

문화공존 인류화평 새 지평이 열리누나

하늘 땅 천인합일天人合一 율려 세상 열리누나

예악禮樂 세상 열리누나

그대 우리

겨레의 혼줄이여.

충주 국악방송 개국 송축문

★

봄날의 아지랑이 같은 서기가 밀려오네, 파란 호수 위의 잔물결 같은 영기靈氣가 스며오네, 월악산의 정기 받고 남한강을 휘돌아서 행복 전령이 달려오네, 휘영청 밝은 달이 두둥실 떠오르는 남산 위를 달려오네, 중원경 예성골에 삶의 기쁨 나눠 주려 행운의 여신이 바람 타고 달려오네, 구름 타고 밀려오네.

영묘한 주파수가 달려오네, 귀 익은 성음이 다가오네, 그윽한 소리가 흘러드네, 이풍역속 민족의 가락이 밀려드네, 치세지음 겨레의 음률이 밀물처럼 달려오네, 나라의 중심 충주 고을 수놓아 줄 고운 정서 맑은 지혜 여의주가 달려오네, 넘실넘실 화수분이 음파 타고 달려오네, 천년

고도 역사도시 축복받은 이 고장에 예술의 옷 입혀 주고 사는 보람 일깨워 줄 다정한 내 소리가 달려오네, 내 몰라라 외면 받던 우리 성음 밀려드네, 대취타 풍악 울려 혼이 배고 얼이 담긴 우리 국악 달려오네.

개국의 팡파르가 여울지니 각도 민요 밀려오네, 판소리가 다가오고 가야고에 거문고며 해금 대금 달려오네. 멋과 운치 넘쳐나는 풍류음악 빠질손가, 도포자락 휘날리며 격조 갖춰 다가서고, 이끼 푸른 구중궁궐 나라 체통 지켜내던 장중한 궁중음악 등가 헌가 갖춘 채비 위엄 있게 밀려드네.

음과 양의 천지조화 율려 음악 빚어내고, 삼현육각 풍악울려 국악방송 문을 여니 거리마다 격양가요 가정마다 복수레라. 굿거리에 흥을 싣고 엇몰이에 멋을 얹어 민족음악 우리가락 산하마다 넘쳐나니, 달천강이 빛을 내고 탄금대가 춤추누나. 수주팔봉 환호하니 목계나루 화답하고, 대림산이 학춤 추니 계명산이 태평무라.

자자손손 만수무강 인간백사 만사형통, 천하명당 달리 없고 중원 인심 절로 나니 너와 내가 즐겁구나 천하가 태평쿠나. 어질도다 예성 인심, 착하도다 충주 민심, 복되도다 충주 시민, 부럽도다 충주 고을.

국악방송 음률 타고 청풍명월 착한 심성 방방곡곡 널리 펴서 새 시대를 열어 나갈 국악방송 축하하오. 충주 시민 정성 모아 진정으로 송축하오. 천지 신령 이름으로 엄숙하게 축수하오!

서울음대 국악과 창설 30주년 축시

★

누구나 겪는 홍역이었겠지만, 나 역시 사춘기 때 정신적 방황을 많이 한 셈이었다. 특히 6 · 25 직후의 혼돈과 폐허의 상처도 컸겠지만, 도무지 사는 의미를 찾을 수가 없었다. 당시에는 '개똥철학자'라는 말이 유행하기도 했는데 나도 그런 부류의 하나였던 것 같고, 스스로도 염세주의자라고 자임하기도 했다. 산다는 게 무슨 의미가 있으며, 또한 왜 살아야 하는지 도무지 답이 나오지 않았다.

인생의 고민을 풀어보려면 철학과를 가야겠다 싶어 서울대 철학과를 지망했다. 보기 좋게 낙방했다. 이듬해도 또 지망했다. 당시 서울 문리대 인문계열에서 경쟁률이 낮았던 불문과를 1지망으로 하고 철학과를 2지망으로 하는 잔꾀도 부려가며 재도전했으나 역부족이었다. 혹독한 사춘기적 열병을 앓으며 공부는 뒷전으로 하던 주제에 언감생심이요 천방지축의 만용이었다.

지금도 입시 공부한다며 책상머리에 앉아서 타는 촛불만 밤새도록 바라보며 날밤을 새우던 기억이 씁쓸한 추억으로 떠오를 때가 있다.

아무튼 삼수를 한다며 서울 외가댁에서 빈둥거릴 때였다. 어디에서 어떻게 그를 만났는지 기억도 없다. 그때 그는 서울음대 국악과 1학년생이었다. 당시 명문고였던 경기고에서 공부도 썩 잘했는데 의대 같은 델 갈까 하다가 국악과가 처음 창설된 것을 듣고 그곳에 입학했다는 것이다. 그러니 나도 그곳에 와서 남이 안 하는 새로운 분야를 함께 개척해 보자고 했다. 더구나 '음악도 올라가면 철학과 맞닿는다' 며, 제법 새내기 대학생답지 않은 속 깊은 말까지 곁들였다.

매사가 그럴싸하게 다가왔다. 결국 나는 친구 따라 강남 가듯 부랴부랴 입시곡 하나를 익혀 가지고 국악과에 들어갔다. 오다가다 우연히 길에서 조우했던 그가 곧 한양대 국악과 교수로 정년퇴임한 권오성 교수다.

삶의 역정 속에서 인연은 늘 이렇게 작동하며, 나를 국악의 길로 이끌었다. 이 같은 곡절 끝에 입학한 서울음대 국악과가 어언 창설 30주년이 되었다며 내게 축시 한 편을 부탁했다.

천추에 길이 빛날 서울음대 국악과

태극이 음양 되고

음양이 우주 낳던 아득한 옛날

하야니 햇살 밝은 극동의 초원

파라니 풀빛 맑은 반도의 산야에는

하늘의 소리가 울렸나니

대지의 소리가 울렸나니

사람의 소리가 울렸나니

천 · 지 · 인의 삼재 소리

신단수 조화옹이 섭리 따라 빚어낸

영묘한 음향

하늘 뜻이 이름하여 배달의 소릴레라

땅의 뜻이 명명하여 겨레의 악일레라

시간의 날줄 역사의 골을 따라

수천 년을 흘러내린 한가락 한소리를

민족의 체통 핏줄의 이름으로

새겨오고 지켜오기 어언 30년

차가운 편견과 사대事大의 풍조

외래의 격랑과 황량한 광풍 속에

제 노래 제 장단을 허허로이 불러오고

외로이 가꿔오기 서른 해 세월

여기 그 이름 의연한 서울음대 국악과

천추에 길이 빛날 서울음대 국악과.

몽골의 성소에서 올린 천신제 축문

★

'초원의 영고대회'는 지금 와 생각해도 통쾌하기 그지없다. 꽤 여러 번 해외 공연을 치러 봤지만 그때만큼 모두 하나 되어 감동의 절정을 공유해 본 적이 없기 때문이다. 우선 공연단의 규모도 컸지만, 기획 의도의 시대적 의미망도 남달랐다.

초원의 영고대회가 기획된 2006년 즈음의 시대적 화제는 중국의 동북공정이었다. 영토 확장의 야욕으로 엄연한 역사적 사실까지 왜곡하는 중국은 고구려도 자기들 나라였다고 억지를 부리고 있었다. 많은 지성인들이 내심 분노하고 있었으며, 한편 선조들의 생활터전이었던 자신들의 역사마저 빼앗기면서도 속수무책으로 당하고만 있어야 하는 동시대인들의 무기력과 무의식에 깊은 자괴감을 느끼기도 했다.

바로 이 같은 시대 배경에서 나는 대규모 몽골 공연을 기획했다. 선조들이 말 달리던 저 푸른 몽골 초원에 가서 큰 북을 울려대며 천하를 호령하는 호연지기浩然之氣라도 펴보고 싶었다. 옛날 고조선 시절, 온 백성이 모여 주야가무하며 혼연일체로 신바람을 고취하며 씩씩한 기상을 북돋아 오던 부여의 영고迎鼓대회처럼 말이다.

서울 프레스센터에서 기자회견을 했다. 내가 몽골 공연을 가는 소이연을 설명했다. 그러면서 내 공연에 대해 기사 좀 잘 써달라고 여러분을 초청한 것이 아니라고 분명히 밝혔다. 내 딴에는 이러이러한 역사적 소명의식을 가지고 가는 것이니 공감하면 함께 가자고 했다. 조선일보, 동아일보, KBS, YTN 등 7개 언론매체들이 동행했다.

공연단은 전통과 현대를 아우르며 딱 백 명으로 꾸렸다. 단원으로는 원로 시인 몇 분과 사진작가, 설치미술가 그리고 최고의 지성도 참여했다. 몽골 공연은 울란바토르 인근의 복두산 성소에서 천신제를 지내고, 본 공연은 몽골 수도에서 1시간 반 정도 거리에 있는 테르찌 국립공원에서 개최되었다.

7월의 초원은 유난히도 쾌청하고 짙푸렀다. 파란 하늘에는 새하얀 뭉게구름이 끼리끼리 모여 있고, 사위는 고요의 늪 속에 잠겨 있었다. 마침 설치미술가 전수천 교수가 백의민족을 상징한 하얀 광목 2킬로미터로 백색과 녹색을 대비시켜 수놓은 초원의 드로잉은 시공을 이어주며 배달민족의 역사를 풀어내는 설화의 실타래 같았다.

드디어 초원의 영고가 북을 울렸다. 화물비행기로 따로 실어간 대형 북이 천지를 진동시켰다. 초록색 구릉으로 메아리져 가는 대북의 울림은 장관이었다. 가는 구름도 잠시 멈추고, 정적 속에 졸고 있던 초목들도 소스라쳐 잠을 깼다. 지축을 울리는 대북이 대성일갈大聲一喝했다. 뭐여기가 뉘 땅이라고? 이 허랑방탕한 무뢰한들아!

실제 벌어진 정황이란 그야말로 공연이되 예사로운 공연이 아니었다. 일상적인 공연의 차원을 뛰어넘는 뭔지모를 감격의 도가니였다. 프로그램 순서가 다 끝나도 헤어지질 않았다. 누가 먼저랄 것도 없이 손에 손을 잡고 강강수월래를 목청껏 외치며 초원을 맴돌았다. 그러곤 우르르 몰려 검은 바위 우뚝한 비탈진 정상으로 떼지어 행진했다. 어느덧 서산으로 지는 저녁 햇살이 희뿌연 마지막 잔광을 능선 위에 흩뿌리고 있었다.

누구의 선창도 없이 이구동성으로 터져 나온 함성이 초원을 뒤덮었다.

"대~한민국! 𝄽𝄽𝄽𝄽", "대~한민국! 𝄽𝄽𝄽𝄽"

일정한 리듬으로 대한민국을 목놓아 외쳐대며 우리 모두는 하나의 가슴으로 울었다.

"선생님, 저 울었어요."

공연진에 참여한 현대무용단 박명숙 대표가 현장에서 내게 한 말이다.

귀국 후 어느 신문을 보니 안숙선 명창도 울더라는 기사가 눈에 띄었다. 숱한 해외 공연을 겪은 백전노장도 그날 그 몽골 초원, 동이민족 선조들이 활 쏘고 말 달리던 역사의 고토 위에서 감전된 벅찬 감격은 주체할 수 없었던 것이다!

초원의 영고대회 축원문

유세차 병술 칠월 을미삭乙未朔 28일 무오戊午
대한민국 문화예술위원회 나라음악큰잔치
추진위원회 일동 감소고우敢昭告于
'복드성지' 신령님 우주창조 조화옹

숙연히 계고稽古컨대,
천기하강天氣下降하고 지기상제地氣上齊하여
천하가 빚어질 땐
하늘과 땅, 땅과 사람이 하나 되어
태평연월을 구가하였나이다
더욱이 곤륜의 주맥이 동주東走하여 백두대간 이룩하고
북명의 수기 흘러 동아의 낙토 이룬 곳은
예부터 배달의 터전 동이의 강역으로
일찍이 마고성의 율려가 사해에 충일하여
문물이 빈빈하고 풍속 또한 순박했사옵니다

그러나 화개화락의 섭리와 일월영휴의 천리런가
활 들어 말 달리던 선조들의 기상은
세월의 풍상과 함께 쇠미해 가고
영고며 무천으로 천인합일하던 호연지기의 민족혼은
날로 시들어가며
군자의 나라 동이문화의 품위는
민망토록 부박해 가고 있사옵니다

이에 백의의 후예 한겨레의 지성들과 예술인들은
불원천리 시원문화의 요람지로 달려와
삼가 천지신명께 기구祈求하옵나이다

둥둥둥 대고 울려 동이의 함성 되살리고
덩덩 덩더쿵 겨레의 신명 되살리고
얼럴럴 상사듸야 어진 풍속 되살리고
초원의 윤무 강강수월래로 호쾌한 풍류정신 살려내게
천지신명께 두 손 합장 간구懇求하나이다

오! 바이칼 흥안령, 영고여 무천이여

오! 천산산맥 알타이, 요하여 발해여

햇살 밝은 근역의 길지 예악이 융흥하고

청구의 어진 나라 국운이 창성하고

도래하는 아시아의 시대 문화대국 이룩하여

사해가 개형제皆兄弟에 천지인이 하나 되어

만세영겁을 공영공존할 수 있길 조화옹께 기구하나이다

'복드성지' 우주신령님께 엎드려 간기懇祈하나이다.

임진각 평화 메시지 선포식 축원문

2005년 7월 29일, 분단의 비극이 서려 있는 임진각에서 평화 기원 행사가 있었다. 그때 나는 참여하지 않아 주최 측이 어디인지, 행사 성격이 무엇인지도 정확히 모른다.

아무튼 그때 그 행사에 진도 씻김굿의 대가 박병천 거장이 노래를 하기로 돼 있었던 것 같은데, 아마도 그의 생각으로는 평소에 늘 부르던 노래보다는 행사 취지에 맞게 새로 노래를 만들어서 부르고 싶었던 모양이다.

서로 잘 아는 사이이기 때문에 그는 내게 새로운 노래의 사설을 부탁했다. 평화를 기구하는 내용이면 좋겠다는 주문과 함께였다. 바로 이러한 연유로 만들어진 가사가 곧 '평화의 횃불'이라는 제목의 글인데, 아쉽게도 나는 그 대가가 만들어 부른 노래를 들을 기회가 없었고, 녹음이나 녹화 기록도 챙겨 놓은 게 없다.

박병천 선생 얘기가 나왔으니 말인데, 그의 춤사위나 가락은 필설로 못다 할 천의무봉의 경지라고 해도 결코 과장이 아니다. 그만큼 멋이 넘치고 흥이 절로 일며 만인의 넋을 빼놓는 기예는 백 년에 한 번 있을까 말까 한 경지였음에 틀림없다.

박병천 명인과는 내가 기획한 해외 공연에도 몇 번 동행하는 등 비교적 가까이서 교유했다. 지금도 기억에 남는 삽화 중의 하나는, 그분은 무대에 오르기 전 반드시 맥주잔에 술을 가득 채워 한 잔 들이키고 무대에 선다. 그래야 신바람이 생기고 본 실력이 나온다는 것이다.

사실 우리네 민속예술은 하나같이 신바람을 바탕으로 하고 있다. 신명기가 없으면 그것은 박제된 예술이고 생기 없는 고목 같은 기예일 뿐이다. 명인 명창들이 서구식 무대나 방송 녹음을 할 때, 기교는 뛰어난데 무언가 한구석이 허전하게 느껴지는 것은 바로 민속예술 고유의 DNA인 신바람을 타지 못하기 때문이다. 질펀하게 육두문자라도 섞어 가면서 신명나게 기량을 펼쳐 가야 하는데, 그 같은 환경의 무대가 아니기 때문에 근사치의 놀이만 선뵈고 끝나게 마련이다.

어느 해였던가. 나와 박 선생과 당시 국정홍보처 차장이었던 이백만훗날 교황청 대사 차장과 인사동에서 저녁식사를 했다. 그때도 박 명인은 백세주 한 병을 맥주잔에다 가득 따르고는 단숨에 들이켰다. 그러고는 더 이상의 술은 일체 사양했다.

그때 그분이 한 얘기 중에 지금도 아쉽게 남는 대목이 있다. 다름 아닌 진도 씻김굿에는 12가지가 있는데, 본인은 그것을 다 복원할 수 있다는 것이었다. 그때 나는 그 보물 같은 민속을 속히 복원해야 한다며, 동석한 홍보처 차장에게 예산 지원 좀 하는 방법이 없겠느냐고 진지하게 타진해 보기도 했다.

춤과 가락의 속멋이 뼛속까지 넘쳐 있던 박병천 명인은 2007년에 작고했다. 바로 전해 7월에 나는 박 명인을 포함하는 일행과 함께 몽골의 초원 공연을 했다. 그때도 이미 투병 중이었지만 그는 아픈 기색을 전혀 하지 않았고,

누구도 탈 있는 분임을 눈치채지 못했다. 훗날 알고 보니 이미 그때 병세가 매우 위중했었다. 귀국 후 이듬해 타계했다.

웬만한 사람 같으면 칭병하며 해외 공연을 극구 사양했을 것이다. 하지만 내색 없이 그는 흔쾌히 참여했다. 결코 쉬운 일이 아니다. 생사를 초탈한 사람이나 가능한 일이다.

박병천 명인은 마지막 가는 의식까지 남달랐다. 부음을 듣고 서울 아산병원으로 문상을 갔다. 내심 놀라운 정경이 벌어졌다. 서로 아는 따님이 생글거리며 맞이하는 등 상주들의 표정에 슬픈 표정이 없고 얼굴빛이 밝았다. 이 같은 의외의 경험은 서양 음악을 하는 박은성 선생의 모친상 때 겪은 이래 두 번째다.

조문을 마치고 옆방으로 가니 그곳에 김덕수, 장사익 같은 지인들이 있어서 합석했다. 상가 분위기가 어떻게 이처럼 밝으냐고 운을 떼자 그들은 한술 더 떴다. 어젯밤에는 노래하며 놀이판까지 벌였는데, 다른 호실의 상가에서 항의까지 했다는 것이다. 그러면서 그들은 "내일 밤에는 정식으로 한판 벌일 예정인데, 선생님 내일 또 오세요"라며 점입가경이었다.

귀갓길 버스가 잠실대교를 지나고 있었다. 멀리 아산병원 쪽의 휘황한 야경이 강물 위에 너울거리고 있었다. 그래, 그대들이 맞다. 그대들이 나보다 앞선 선각자들이다. 기실 생사가 뭐 별것이던가. 백지 한 장의 경계이며 주야가 바뀌듯 늘상 있는 작은 변화의 한 단면이 아니던가. 더더구나 고인도 마찬가지고 상주들도 어려서부터 씻김굿을 체화하며 일찌감치 죽음의 문제를 밥 먹듯 다뤄 본 백전노장의 달인들이 아니던가. 그대들이 맞다. 죽음을 노래로 승화시킬 수 있는 그대들이 부럽다.

평화의 횃불

수천억 개 은하계 중 우리 은하계
우리 은하 억만 별 중 우리 태양계
태양계의 아홉 별 중 우리 지구만
조화옹의 축복 있어 생명 있어라
삼라만상 생명 있어 아름다워라

그 축복 그 생명 지켜갈 길은
절체절명 오직 하나 평화뿐이리
하늘과 땅, 땅과 사람 함께 어울려
대동놀이 학춤으로 공생할 길은
서로 사랑 서로 위로 평화뿐일세

수천 년의 인류사는 순례의 여정

평화 찾아 형극의 길 헤쳐 온 길손

이제사 동녘 땅 배달의 산하

북극성이 점지해 온 평화의 요람

한반도 허리춤에 깃을 내리며

홍익인간 단군사상 평화의 계시

동해 창룡 아침 햇살 평화의 서광

장대 높이 솟대 세워 지구촌을 밝히누나

그 염원 빛이 되어 온누리 비추누나

그 염원 그 서광 평화의 횃불

퍼져라 영원해라 은하의 저편까지.

경기도립국악단 창단 축시

★

TBC PD 시절이었다. 지금은 좋아졌지만, 당시만 해도 월급이 형편없었다. 모든 언론사들이 다 그랬다. 정부에서 5인 가족 최저생활비를 5만5천 원이라고 공표할 때, 8년차 내 월급이 4만6천 원이었다.

아무리 궁리해 봐도 서울에서의 내 집 마련은 어불성설이었다. 마음을 바꾸기로 했다. 내 자신이 충청도 시골 출신인데 굳이 서울에만 살아야 할 이유가 없지 않은가? 서울 변두리로 멀찌감치 나가 살면 될 게 아닌가.

그 후 일요일마다 등산 겸 교외 나들이를 했다. 송추나 수색 쪽도 다녀보고, 서쪽으로는 수리산이나 군포 지역을 둘러보고, 동쪽으로는 태능이나 수락산 쪽을 답사하기도 했다. 얼른 눈에 드는 마을을 만나지 못했다.

그러던 어느 때 운길산을 올라서 긴 능선을 타고 덕소 쪽으로 산행을 했다. 하산하다 보니 계곡 안쪽에 고즈넉한 마을이 나타났다. 유달리 온화하고 평화로운 분위기가 마음에 들었다.

거두절미, 그곳으로 이사를 가기로 작정했다. 직장 동료들은 만용이니 돈키호테니 하며 잘못된 판단이라는 눈치들이었다. 하지만 이미 결심을 하고 나니 마음이 편했다. 마침 그 마을에는 다 쓰러져가는 슬레이트 지붕에 흙벽집 한 채가 있었다. 장판도 없는 방바닥에 비닐을 깔고 개미들과 함께 살았다. 다 좋은데 하나 참기 힘든 것은, 불결하기 짝이 없는 재래식 측간이었다.

1960년대만 해도 9층짜리 중앙일보 구사옥이 서소문 공항로 일대에서는 가장 으리으리한 빌딩이었다. 그러고 보니 당시 덕소 계곡의 생활이란 낮과 밤의 상황이 극명하게 대비되는 나날이었던 셈이다. 낮에는 현대식 건물에서 개화인으로 살다가 밤이면 흙바닥 위에 누워 소쩍새 우는 소리를 듣는 원시인으로 돌아가는 것이다.

이렇게 해서 서울 시민이던 나는 경기도 '도민증'이 되었다. 서울을 선망하며 서울로만 올라가려 하던 그 시절에는 시골 사람을 도민증이라고도 했다. 아무튼 충청도 촌놈이 돌고 돌다가 경기도민이 되었는데, 훗날 알고 보니 이 역시 묘한 인연의 연줄이 점지한 필연의 소치가 아니었나 싶기도 하다.

어려서부터 늘 들어온 얘기가 있다. 청주 한씨는 본이 하나인데, 우리는 그중에서도 양절공襄節公 할아버지 세파世派이며 세거지世居地는 경기도 광주였다는 집안 어른들의 훈도薰陶였다.

양절공 선조분의 함자는 외자로서 확確이었다. 세조 때 좌의정을 지냈는데, 특히 유교적 덕목으로 소양 있게 길러낸 따님들은 궁중의 왕비도 되고, 멀리 중국 명나라의 희빈이 되기도 했다. 대표적인 분이 사극으로도 널리 알려진 인수대비, 즉 연산군의 할머님이라 훗날 덕종비로 추존된 분이다.

양절공 선조의 묘소는 지금 남양주시 조안면 능내리에 있다. 일설에 의하면 임금의 묘소로 점지했던 명당인데, 조정에 공이 큰 양절공 선조가 작고하자 그 능터를 하사

했다고 한다. 실학의 태두인 다산 정약용 선생의 생가와 묘소도 바로 능내리 양절공 묘소 지맥의 연장선상에 있는 한강변의 마재, 즉 마현리에 있다.

처음 덕소에 와서 살 때만 해도 양절공 선대의 묘소가 왜 광주가 아니고 한강 북쪽의 남양주일까 하고 의아해했다. 알고 보니 옛날에는 지금의 능내리 일대가 광주땅이었다. 정확히는 광주군 초부면草阜面이었는데, 훗날 양주군 와공면瓦孔面과 합병되어 오늘의 와부瓦阜가 되었다. 그러니 내가 어릴 적에 들은 선대의 세거지가 광주라는 것은 틀린 말이 아니었다.

결국 인생 윤회라고나 할까, 몇 대를 거치며 정착한 내 집이 다름 아닌 광주산맥이 달려 내린 직계 선조의 고토 인근이고 보니, 이 또한 묘한 인연이 아니고 무엇이겠는가. 마초아 경기도에서는 2000년도에 경기도립국악관현악단을 창단하며 내게 공연용 축시를 부탁해 왔다.

장하구나 도립국악 새로워라 경기문화

백두대간白頭大幹 땅기운이 광주산맥廣州山脈 굽이 달려
오순도순 명승길지名勝吉地 두루 펼쳐 놓았구나
서해바다 물기운은 억만겁億萬怯을 흐르더니
도란도란 옥야천리沃野天里 고이 빚어 놓았구나

하늘과 사람 바람과 풀잎
모두가 하나 되어 천지조화天地調和 이뤄내니
보아라 단군檀君도 이 땅에 내려
경기 땅 마니산摩尼山에 내리시어
하늘 제사祭祀 지냈구나 배달문화 열었구나
보아라 선인들도 이곳에 닿아
경기 땅 한양벌에 터전을 잡아
나라 기틀 세웠구나 국운창성國運昌盛 다졌구나

오늘 다시 수원성水原城엔
경기산야京畿山野 누리에는
새시대가 열리려나
태평세상太平世上 맞으려나
겨레 음율音律 고운 음색音色
햇살처럼 피어나고
팔음극해八音克諧 묘한 절주節奏
채운彩雲 되어 오르누나
문물빈빈文物彬彬 선진경기先進京畿
화음和音 되어 오르누나
창룡蒼龍 되어 오르누나

거문고 술대 치니 선비 예도藝道 살아나고
가야고 농현弄絃 속에 착한 민심民心 깨어나네
젓대 소리 그윽하니 미풍양속美風良俗 절로 일고
대북 소리 웅장하니 산천정기山川精氣 절로 솟네

천년길상 수원고을 장하구나 경기도민京畿道民

전통예악傳統禮樂 가꿔가는 경기위풍京畿威風 장하구나

경기가 새롭구나 나라가 새롭구나

민속民俗이 새롭구나 천하가 새롭구나

장하구나 도립국악道立國樂 새로워라 경기문화

자랑쿠나 경기국악京畿國樂 새로워라 민족문화.